集英社オレンジ文庫

異界遺失物係と
奇奇怪怪なヒトビト 2

梨　沙

本書は書き下ろしです。

目次

人物紹介

早乙女《さおとめ》 南《みなみ》

安定した生活のため『日々《にちにち》警備保障』に就職。事務希望だったが、異界遺失物係に配属される。甘いものが大好き。

五十嵐《いがらし》 楽人《らくと》

「コミュ障」ではなく「コミュ症」な異界遺失物係の先輩。卵料理が得意（※それ以外のレパートリーがない）。甘いものは苦手。

酒居《さかい》部長

いつもにこにこしていて人が好く、甘味とお酒が大好きなおじさん。だが、その実態は…？

鳴《なる》海《み》沢《さわ》 敬《けい》造《ぞう》

地域課所属の警察官で、遺失物係が絡むトラブル処理係。筋が通らないことが大嫌いで、五十嵐との相性は最悪。下戸。

根《ね》室《むろ》 涼《りょう》太《た》郎《ろう》

異界遺失物係のカメラマン（※監視カメラの監視員）。合法的な覗き趣味が高じて現在の部署に転属。

鳳《おおとり》 山《やま》子《ね》

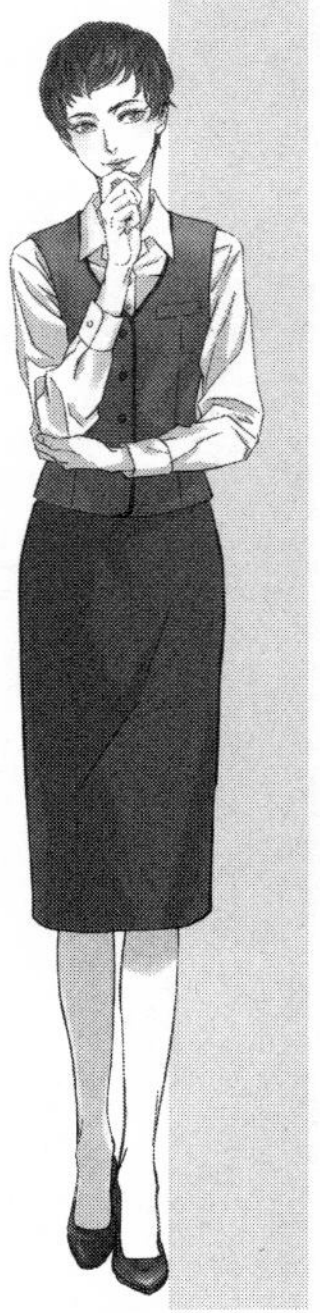

異界遺失物係の事務員。アクティブな美人でプチ登山家。

イラスト／ねぎしきょうこ

序章

日々《にちにち》警備保障には、つまはじきにされる日陰《ひかげ》の部署がある。

その部屋の壁を埋め尽くすのは、縮尺の違う県内地図である。地図には、三色のピンとメモ用紙で謎の目印が書き込まれ、見る人を圧倒するほどだった。

日陰部署のメンバーは五人。一人は、ぽっちゃり太鼓腹《たいこばら》で、住んでいるところも家族構成もいつ出社していつ退社しているのかもわからない部長だ。さらに、年齢不詳の美人でスタイル抜群な山ガールの事務員。他には、趣味覗《のぞ》き、特技覗きの犯罪スレスレなモニタールームの住人。そして、コミュニケーション破綻《はたん》者な外回り担当の先輩。最後に、日々警備保障に奇跡の入社を果たし、希望とは異なる〝特別な部署〟である日陰部署に配属された新人、早乙女南《さおとめみなみ》である。

「五十嵐《いがらし》さん！　カテゴリーⅡ《ツー》が傾いてます！」

トラブルが確認されたときの外回りはおおよそ地獄《じごく》だ。

なにせ五十嵐楽人《らくと》は南の先輩であるにもかかわらず、〝コミュ症〟なうえに無駄に行動力があり、異常があれば即動く。いかなる状況下にあろうとも、彼が最善と思う行動を取るのである。

五十嵐が腰に手を回し、使い古された警棒をつかむと躊躇《ためら》うことなく腕をふった。鈍色《にびいろ》の鈍器が飛び出すと、近くを通りかかった人々がざわめいた。

南の目の前で繰り広げられているのは、広めの歩道の真ん中で倒れゆく巨大な壁と、警棒でそれをたたき割ろうと身構える五十嵐の壮絶なる一幕だ。

しかし〝一般人〟にはそれが見えない。

注視すると、倒れゆく壁には小さな手足がついていて、細い目と口まである──まるで、妖怪〝ヌリカベ〟のようなシュールな出で立ちであることがわかる。けれどそれも、近くを通る〝一般人〟には見えない。見えないのに、触れると体調を崩したり、昏倒《こんとう》したり、ときには命まで落とすこともある、大変厄介《やっかい》な相手だ。

いわく、異界の〝住人〟。

いわく、〝あっち〟の〝ヒト〟。

外見はギャグっぽく無害に見えるだろう。だが、彼らの多くは記憶を失いながらも執着に囚《とら》われ、執着そのものになり果てて現世《うつしよ》にしがみつく妄念《もうねん》の塊《かたまり》である。

一般人が触れればどんな影響が表れるかわからない。それゆえ、五十嵐は緊急時に応急処置として住人に衝撃を与えて〝散らす〟方法をとる。

ふりかぶった警棒が、ヌリカベにめり込んだ。

人々のどよめきが大きくなる。

ヌリカベが視認できない人々にとって、五十嵐は、警棒を振り回す不審者にしか見えないだろう。

ヌリカベが砕ける——そう思った南は、ぐにゃりと二つに折れ曲がった巨大な壁に目を見開いた。

次の瞬間、ヌリカベがすごい勢いで吹っ飛んでいったのだ。

フルスイングとはいえ、あの質量のものが飛んでいくはずがない。しかし、相手は異界の住人だ。見た目と体積が同じと考えるのは早計である。

「な……ナイスショット!!」

空の彼方《かなた》に消えたヌリカベを見送りながら、パニックのまま南は叫んだ。

「でもダメですよ、こんなところでゴルフコンペの練習なんてしちゃ！　いくら楽しみだからって危ないでしょう！　子どもじゃないんですから!!」

苦しく叱責《しっせき》しながら五十嵐の腕をつかんだ。

「すみません！　ホールインワンを狙ってるみたいでっ」

思いがけず勢いよく飛んでいったヌリカベを茫然《ぼうぜん》と見送る五十嵐を引っぱって、困惑する人たちに謝罪しつつその場を離れた。コインパーキングにとめてあった車の運転席に乗り込んだ彼が、そのままぐったりと肩を落とした。

「散らしたつもりだったのに、散らしたつもりだったのに、散らしたつもりだったのに」

予想外すぎて混乱しているらしく、五十嵐は警棒をしまうことすら忘れて同じ言葉を繰り返している。

「と、とにかく、根室《ねむろ》さんに追跡を頼みましょう。カテゴリーⅡだから綴化《てっか》しなければセーフです！」

後先考えずにとっさに動くのは五十嵐の悪いクセだ。ここはしっかり注意する場面である。しかし、倒れてきたヌリカベにびっくりして思わず声をあげてしまった南がそもそもの原因なので五十嵐だけを責められない。

助手席でふうっと溜息をつくと、窓がこんこんと音をたてた。

顔を上げると、制帽を目深《まぶか》にかぶった体格のいい警官がドア越しに立っていた。わずかに見えた口元が不気味に引きつっている。

「あ、鳴海沢《なるみさわ》さんだ」

呑気《のんき》に呼びかけ、車のエンジンをかけてわざわざ助手席の窓まで開けてしまう五十嵐に、南はざっと青くなる。今一番会っちゃいけない人に会ってしまった。南が免許証を持っていたら、間違いなくギアをドライブに入れてアクセルを踏んでいただろう。

「い、い、いつも、お疲れ様です」

南は胸中で悲鳴をあげつつ作り笑顔で会釈《えしゃく》した。

鳴海沢はわざわざ警察手帳を取り出し、よく見えるように南たちに向けた。

親指でぐいっと制帽を押し上げ、クセの強い笑みを浮かべる。射るような眼光は猛禽類《もうきんるい》を思わせるほど鋭く、背筋が冷たくなった。

「署で話を聞こうか?」

ヤバい。まずい。

さっきの一件を見られたに違いない。

警棒を無造作にふったあの姿を。

ああ、これで部長に叱《しか》られる——きょとんとする五十嵐とは対照的に、南は絶望にしおしおと肩をすぼめた。

日々警備保障、遺失物係《いしつぶつがかり》。

入社三カ月目にして警察署に連行。

南はそっと両手で顔をおおった。

第一章　イヌの気持ち

1

「早乙女《さおとめ》さんははじめての取り調べだったねえ」

調書を取るのに半日もかかるなんて思わなかった。日々《にちにち》警備保障に戻ったのは午後四時
——心優しい部長が大サービスで自腹の玉露《ぎょくろ》をご馳走《ちそう》してくれたのに、南《みなみ》は「ありがとうございます」とお礼を言うだけで飲む気力すらない。

「すみません。ご迷惑おかけしました」

「反省すべきは五十嵐《いがらし》くんよ。なんでもかんでも警棒振り回しちゃいけません。通行人は見逃してくれるけど、警察官は見逃してくれないんだから！」

ショートヘアもまぶしい美人で料理好きな山ガールである鳳《おおとり》山子《やまね》が長い足を組み、呑《のん》気《き》に玉露をすする五十嵐を睨《にら》む。すると、部長が太鼓腹《たいこばら》をゆすって苦笑した。

「山ちゃんそれは違うよ。通行人だって匿名《とくめい》通報しちゃうからね。ほら、変な人いると怖いでしょ」

変な人、で、南を含む三人の視線は五十嵐に向いた。見られたことに動転したのか、五十嵐がちょっともじもじしはじめる。強いくせっ毛から覗《のぞ》く左目は、闇《やみ》を切り取ったよう

な漆黒《しっこく》だ。その瞳がちらりと南たちをうかがっている。細く尖《とが》った顎《あご》、高い鼻梁《びりょう》、きつく結ばれた口、ひょろりと細長い体にもかかわらず意外と筋肉質で——実は、結構格好いいうえにさりげなく気遣いのできる人。

間違いなく変な人ではある。けれど、それだけではない。

南はコホンと咳《せき》払いをした。

——五十嵐のことは尊敬している。そう、人としてとても尊敬しているのだ。他意はない。断じてない。

自分に言い聞かせる途中、視線に気づいてはっとした。なぜか山子がニヤニヤとしながら南を見てきた。

「な、なんですか」

「ん～、春だなあと思って」

「もう初夏です」

「春なのよ！」

よくわからない盛り上がり方をする山子に怪訝《けげん》な顔をしていると、地図がぎっしり貼られた壁に埋もれているドアが開き、ひょこりと男が顔を出した。趣味と特技が覗きという特殊性癖男、根室《ねむろ》涼《りょう》太郎《たろう》である。さらさら茶髪にモデル顔負けなイケメンのくせに人々の痴態《ちたい》を覗き見ることをライフワークとする変態は、間違いなく〝変な人〟だ。

「ああ、うちにはもう一人問題児がいたねえ」

部長が肩を落としている。

黒縁眼鏡を押し上げて、根室が眉をひそめる。

「それは賛辞ですか。ちなみにヌリカベ、昇天したっぽいです。追跡不可。殴られたかったんですかね」

ああ、ヌリカベも類友《るいとも》か……と、南はそっと目頭《めがしら》を押さえる。間違った対処なのに解決してしまうなんて腑《ふ》に落ちない。

「で、別件なんすけど。なんかヤバいニュース流れてて」

根室はスマホ画面をずいっと見せてきた。遠くてよくわからないが、動画を流しているらしい。

「ヤバいニュースっていうのは、もしかして住人関連？」

「録画なんで視認は無理です。あいつらリアルタイムでないと追えないんで」

部長に答えながら根室は黒縁眼鏡に触れる。世界に百本しかない特注眼鏡は住人の欠片《かけら》を使って作られ、一般人でも彼らを視認することを可能にした品だ。

相性がよかったという謎の理由で、一度かけただけなのに眼鏡なしでも住人を見られるようになってしまった南にとって、黒縁眼鏡は呪いのグッズである。仕事をするうえでは便利だが、日常生活に支障がありすぎる。窓の外を見ると、今日も電柱から黒いもやが繰り返し落ちてはアスファルトで潰《つぶ》れている。

形を成さない住人――カテゴリーI《ワン》の中で、すみやかに消えてほしい存在第一位だ。人の形になったら間違いなく毎日スプラッタだ。潰れては再生し、再生しては潰れる姿を想像すると、それだけで気分が悪くなってくる。

「あ。これですね」

五十嵐の声に、南ははっと窓から視線をはずす。五十嵐がスマホ画面を皆に向けた。画面右上に〝速報〟の文字がある。

『あちらが現場となった、よもやま小学校です』

薄いグレーのスーツを着た女性がマイクを片手に告げる。俯瞰《ふかん》だ。ビルの屋上から撮影しているらしく、規制線とともに多くの警察官と救急車、消防車、そして、現場らしき校舎が映し出されている。

遠目にも緊迫した空気が伝わってきた。

『本日午後三時半、下校途中の小学生が次々と倒れました。規制線の向こうでは今も多くの警察官が行き来しています。情報によりますと、集団下校がはじまった直後だったということで、有毒ガスの可能性も視野に入れ、近隣住民に避難の呼びかけを――』

「この付近って防犯カメラはないはずだけど」

ニュースを見ながら部長が首をひねる。リポーターは強風に髪を押さえながらも被害状況を口にする。

『現在、意識不明の小学生が八人、救急搬送されています。気分が悪くなった児童も搬送されています。けっして現場に近づかないようにしてください』

学校は一時閉鎖、再開は不明。そんな情報がつけ加えられてニュース動画が終わった。

「なんでこれが住人の仕業だって思ったの？」

部長に問われ、根室がさらさらヘアをかき上げた。どう見たって野暮《やぼ》ったい黒縁眼鏡なのに、イケメンがつけているだけで有名ブランドに見えるのが憎らしい。

「近くのコンビニに設置されてる防犯カメラがなにかに反応したんです」

「なにかって？」

「そこまでは。俺――」

長年の経験と勘、というものなのだろうか。ちょっと感心していると、

「社畜と化した愚民《ぐみん》を高笑いで観察するのは大好きなんですけど、夢と希望に満ち満ちたガキにはこれっぽっちも興味がなくて、あんまりちゃんと見てませんでした」

おおよそろくでもない言葉が返ってきた。

「クズ」

ぼそりと山子が毒を吐く。

「で、でも、一応、チェックは入れてたみたいですから」

思わず南がフォローを入れた。部長は小さくうなり、五十嵐を見る。

「五十嵐くんはどう思う?」

「実際見てみないとわかりません。……早乙女さん」

外出の合図だ。名を呼ばれた南は、カバンにスマホを突っ込んで立ち上がる。

根室が警戒するように、すでに被害が出ているのなら対象はカテゴリーⅢ《スリー》である可能性が高い。であるならば、すみやかに異界《あちら》に帰っていただく必要がある。

車のキーをつかむ五十嵐とともに部屋を出て受付に向かう。

遺失物係は〝イケイ〟と呼ばれている。山子は南に「イケてる係の略称」と教えてくれたが、実際には「イカレてる係」と陰口《かげ》を叩かれ、受付係は遺失物係に所属しているというだけで奇異の目を向けてくるのだ。

しかし五十嵐は、気にするそぶりさえなく受付係に出かける旨《むね》を伝え、駐車場で営業車に乗り込んだ。

助手席のシートに沈んだ南は、こっそり溜息をつきつつ信号待ちでカーナビに〝よもやま小学校〟と入力した。

案内をスタートさせると、いつも通り呑気《のんき》な電子音が聞こえてきた。

「防犯カメラがあるといいのに」

視認できれば移動途中で対処方法も検討できる。しかし、ほとんど情報がない現時点では、スマホで現場となったよもやま小学校を調べることしかできない。

「予算の関係」

五十嵐があっさりと現実的な言葉を返してきた。プライバシーもあるし、契約の関係もあるし、そもそも根室が一人で管理できる量も知れている。現状、防犯カメラのチェックと見回り、事後処理で精一杯なのだ。

南は細く息を吐き出してスマホへと視線を落とす。

「――一八九八年創立、一九四八年校名を現在のよもやま小学校とする」

元マンモス校、現在は増設された校舎の一部を市民に開放する形で地域に貢献し、スポーツに力を入れているという注釈がある。

これといって気になる点はない。事件のことを調べたが、『原因不明の意識障害』『小学生が搬送』『近隣住民避難』と、会社で見たニュース動画以上の情報はなかった。

県道から国道に出て十五分ほど走ると、じょじょに道路が混雑しはじめた。事件の影響なのかとテールランプを見ていると、五十嵐がハンドルを切り、車は国道からはずれて再び別の県道に入っていった。カーナビとは違うルートだ。

「この辺りはわかるから」

五十嵐はそう言って、さらに細い道に入っていく。

「知ってる小学校ですか？」

「……母校」

「えっ」

普段の会話は仕事中心だったから、プライベートな話題にちょっとドキリとしてしまった。言いづらそうにする五十嵐に少しだけ違和感を覚えながらも彼の横顔を見る。

「なにか注意点とか、気をつけたほうがいいこととかはありますか？」

「別に、これといって」

五十嵐の返答に南は納得する。六年間通っていたとはいえ、今さら小学校のことを尋ねられても、南だってうまく答えられないだろう。卒業して数年もたてば、先生のことや学校の雰囲気なんて、なんの役にも立たない情報になってしまう。

カーナビの案内を無視し、近くにある公園の無料駐車場に車がとまる。

なんとなく表情が暗いと思ったら、いきなり五十嵐が前のめりになった。ハンドルに両手を乗せ、顔を伏せ、かすかにうめく。

「……気分が悪い……」

「え!? な、なにか飲み物買ってきましょうか!?」

慌てて訊《き》くと、五十嵐が顔を上げた。

「だ、大丈夫」

「でも、顔が真っ青です」

訴えるも、五十嵐は車外に出てよろよろと歩き出した。南も慌てて助手席から出る。

「大丈夫、大丈夫、もう二十年も前」

なにか唱えている。すれ違う人が仰天して離れていくのに、そんなことすら今の五十嵐は気づけていない。

「二十年って……五十嵐さん、つかまってください」

電柱にぶつかりそうになる五十嵐を慌てて引き戻し、手を繫《つな》ぐ。指先が冷たい。とっさに寄り添い、五十嵐の体を支える。

「少し休みましょう。公園に戻ってベンチに……」

「大丈夫」

何度目かの「大丈夫」にますます不安が増していくが、どうやら引き返すつもりはないらしい。心配しながらも歩道を進むと、どんどん歩行者が増えていった。スマホで動画を撮影する人の中に、テレビ局の人間と思われる機材をかついだ男たちが交じっている。警察官の姿もちらほら見えた。

さらに進むと人だかりがあった。規制線が張られ、近づかないよう警察官が注意をうながしている。

「どうやって学校まで行きますか？」

人が多すぎて規制線までたどり着くことすら一苦労だ。有毒ガスだったら危険極まりないのに、どうやら野次馬は好奇心のほうが勝《まさ》っているらしい。

小柄な自分を恨みながら背伸びをして人が少ないところを探してみるが、そもそも警察官がいるから学校自体近づけそうにない。

「……いつも、こういうときには、だいたい、いて」

「いる？　誰が？」

相変わらず顔色の悪い五十嵐が、それでも人混みに突っ込んでいこうとする。足下がふらついていないのを確かめ、南は五十嵐に歩調を合わせた。

警察官からすれば、南たちは〝一般人〟である。現場に近づけるとは思えない。それにもかかわらず、五十嵐は歩調をゆるめない。

まるで、規制線を越える手段があるかのように。

どうするのかと訊こうとしたとき、見知った男に気づいて南はぎょっとした。口を真一文字に引き結び、眼光鋭く見つめてくる厳《いか》つい男――上背《うわぜい》があり、がっちりとした筋肉質な体に威圧感をまとう男。制服を着て制帽をかぶっていなかったら、きっと別の職業を思い浮かべたに違いない。

なぜか五十嵐が懐き、南が苦手とする警察官、鳴海沢《なるみさわ》である。

「またお前らか！」

ついさっき、警察署で別れたばかりの相手だ。怒鳴りたい気持ちはよくわかる。南だってできれば会いたくなかった。

鳴海沢の剣幕《けんまく》に、周りにいる人たちが一瞬で緊張するのが見て取れる。

「お疲れ様です、鳴海沢さん。そっちに行っていいですか」

「いいわけねえだろうが」

殺気さえまとう声で否定されたが、五十嵐はまったく動じなかった。器用に人々のあいだを縫って進み、規制線をくぐってその内側に入り込んでしまったのだ。もちろん、手を繋いだままの南もいっしょだ。

「い、い、五十嵐さんっ」

注目の的だ。誰もが五十嵐と鳴海沢、そして、南を見ている。これではまた問題になってしまう。今度はきっと公務執行妨害だ。

焦っていると、「あれ？」と人垣から声がした。

「あの警官、ネットニュースの人？」

続けて聞こえてきた声に、人垣がちょっと違った空気でざわめきだした。少し前、鳴海沢はネットニュース界隈《かいわい》をざわつかせた。一応記事にはモザイクがかかっていたが、体格や雰囲気は掲載されていた写真そのまま――当時の騒動を知る人が鳴海沢を見れば、自然と関連を疑う状況だ。

「え？　なになに？」

好奇心に弾む声に、「あ、もしかして」と、なにかを察したらしい声が続く。

舌打ちした鳴海沢は、五十嵐の肩をつかんで規制線から離れるようにぐんぐんと歩き出した。五十嵐が歩けば必然的に南もついていくことになる。

建物の陰に入るなり、五十嵐の肩から手を放し、鳴海沢が睨んできた。

「それで、現場はどうなっているんですか」

一ミリも空気を読む気がない五十嵐が、いつもの調子で鳴海沢に尋ねる。鳴海沢がネットニュースに載るきっかけを作った〝トラブルメーカー〟なのに、まるで自覚がないのが恐ろしい。

鳴海沢のこめかみにいくつもの青筋が浮かび上がる。

「よくもぬけぬけと」

鳴海沢がうめく。怒りで顔が赤を通り越してどす黒い。非番だったら五十嵐に殴りかかっていたかもしれない。

「現場を見せてください。被害が増える可能性があります」

「……またそっちの管轄《かんかつ》ってことか」

必死で怒りを抑え込み、鳴海沢が低い声で尋ねる。血走った目は「納得いかない」と訴えかけてくる。

「見なければわかりませんが、うちの根室がそう判断しました」

「あの変態が」

悪態をつく鳴海沢に、南はそっと顔をそむけた。変態と言った。今間違いなくそう言った。勤務中はずっとモニタールームに籠《こ》もっているのに、すでに警察にご厄介《やっかい》になった経験があるらしい。

存在自体に問題があるに違いない。いつか有害指定を受けそうだ。

南は肩を落とし、少しだけ五十嵐の顔色がよくなっているのを見てほっとする。

「――部下じゃなかったのか」

南を一瞥《いちべつ》して鳴海沢がおかしな質問をする。首をかしげた南は、すぐにはっとした。体調の悪い五十嵐が心配で、ずっと手を繋いだままだったのだ。いつの間にか冷たかった彼の手がすっかりあたたかくなっている。大きな手が、ごく自然に南の手を包み込んでいることを自覚した瞬間、ぶわっと頬《ほお》が熱くなった。

南は反射的に五十嵐の手を振り払った。

「部下です！」

鳴海沢に強く訴えて、呆気《あっけ》にとられる五十嵐から離れる。

心臓がバクバクする。きっと今、真っ赤になっているに違いない。

鳴海沢はふんっと鼻を鳴らし、興味がないと言いたげに南たちに背を向けて歩き出した。そして、少し歩いてから立ち止まる。

「いいか、おかしな行動をしたら連行する。脅しじゃねえぞ」

ドスの利いた鳴海沢の声に五十嵐は安堵《あんど》の表情を浮かべ、南は肩をすぼめた。

「鳴海沢さんがいると、いろいろスムーズ」

明らかに邪険にされているのに、五十嵐はプラス思考であるらしい。さっき捜していたのは鳴海沢で、きっと彼は普段から五十嵐関係のトラブルに巻き込まれているに違いない。ちょっと不憫《ふびん》になってきた。

ずんずん歩いていく鳴海沢の背を追いかけると、右手に小学校の校舎が見えてきた。広い校庭に大きな校舎。隣の敷地にも一回り小さな校舎が建っていて、屋内運動場とプールが見える。多くの警察官が歩き回っているが、敷地が広いせいかそれほど人数がいるように思えない。校門の前に警察官が多く集まり、ドラマでよく見る鑑識らしき人たちと話し合っている。

はじめて直接目にする緊迫した現場——けれど、南の視線を奪ったのは警察官や鑑識ではなく、校門の前にいる動物だった。

「五十嵐さん、あれ！」

南が指さした先には、ツヤツヤとした毛におおわれた大きな体、垂れ下がった耳、つぶらな瞳が特徴的な大型犬がいた。豊かなしっぽを左右にゆっくりとふる犬は、両足をきちんとそろえ、警察官が行き来するのを不思議そうに眺めている。

ゴールデンレトリバーだ。

「か、かわいいワンちゃんですね！　あれ？　リードは？　迷い犬？」

周りが騒がしいのにおとなしく座っている。きっと、しっかりしつけられた賢《かしこ》い犬に違いない。なぜこんなところにいるのか謎だが、迷い犬なら警察が保護してくれるだろう。けれど、不思議なことに誰も犬を気に留めないのだ。まるでそこになにもいないかのように素通りしていく。

「……どうしてワンちゃんを保護しないんですか」

違和感。

いくらおとなしい犬種でも放し飼いは問題になる。ましてやこれだけ警察官がいるのだ。見て見ぬふりなどあり得ない。

にもかかわらず。

「……え……？」

ざわっと肌が粟《あわ》立った。まさか、と、ようやく違和感の正体に息を呑《の》む。

「ワンちゃんって、なに言ってるんだ？　犬なんてどこにもいねえだろ」

鳴海沢に怪訝そうな顔を向けられ、南は改めて校門を見た。愛らしくつぶらな瞳を瞬《まばた》くゴールデンレトリバー。おとなしく従順で飼いやすいと人気の犬種。ときどき思い出したように後ろ足で耳を掻《か》く仕草も、暇を持てあましたようにあくびをする姿も、生きている犬そのものにしか見えなかった。

あんなに確かなものが他の人たちに知覚されないなんて、そんなことがあり得るのだろうか。

「い、五十嵐さん、あれって、も、もしかして……」

現実なのか幻想なのか、そんなことすら今の南の目では判断がつかない。

返事がないのを不安に思い、南は五十嵐に視線を戻す。

五十嵐は、校門を見ていた。

いつもは隠れている彼の右目が髪のあいだからわずかに見えた。さまざまな色を取り込み流動的に動く瞳――生まれながらにして異界の住人を見ることのできるその瞳に、犬の姿が映り込んでいる。

五十嵐の唇が開くのを見て、南の喉《のど》が干上がっていく。

「――カテゴリーⅢ、綴化《てつか》。ターゲットだ」

低くささやく声。

南は震え上がった。

2

異界の住人は三つに分類される。

カテゴリーⅠ。

多くは黒いもやとして存在し、執着が薄れれば自然と異界に戻っていく比較的無害な存在。無害であるから基本的には放置される〝安全な観察対象〟である。

カテゴリーⅡ《ツー》。

なんらかの形を取ったものはカテゴリーが一つあがって監視対象とされる。殴られて消えたヌリカベもこれに該当《がいとう》し、本来であれば刺激しないよう見守るのが原則だ。

そして、カテゴリーⅢ。

〝綴化〟と呼ばれる異形化をへて妄念《もうねん》が形になった住人たちは、触れれば人を昏倒《こんとう》させ、触れなくとも人々の意識を奪う。カテゴリーⅢの多くは記憶も言葉も失って執着のみで存在し、日常を変質させ、巻き込まれた者の命を奪うことすらある災厄《さいやく》となり果てる。

南たち〝遺失物係〟の仕事は一つ。彼ら住人たちが本物の災厄になり果てる前に憂《うれ》いを取りのぞき、すみやかに異界へ送り返すこと。

いつも略称で呼ばれ特性ゆえに社内でも伏せられているが、正式名称はこうである。

〝異界遺失物係〟

異界の住人の失せ物を探す専門部署だ。

そして今、南たちの目の前にいるのは犬だった。ゴールデンレトリバーだ。姿形から

〝会話〟ができる相手とは思えない。

「な、……中身、人間でしょうか」

綴化とは、執着そのものに形を変えてしまうことである。もとの姿が犬とは限らない。しかし、人である確証もない。

「人じゃなかったら、そもそも会話も成立しないのでは」

南は動転した。執着を取りのぞくためには、住人の背景をさぐる必要がある。だが、会話どころか思考すら理解できないかもしれない。

「ひとまず、調べよう」

五十嵐の口調から動揺は感じられず、いつも通り淡々《たんたん》としている。

実は南は、動物があまり得意ではない。正確に言うなら慣れていない。風邪から肺炎《はいえん》になって死にかけ、生死をさまよい半年も入院するほど、南は体の弱い子どもだったからだ。早乙女家は子どもの命を守ることに必死で、ペットを飼うゆとりなどなかったのだ。

そのせいか、動物は好きだが扱い方がよくわからない。おとなしいと言われても、大型犬は怖いと思ってしまう。

が、緊張する南とは違い、五十嵐は平然と近づいていく。その手が警棒に触れたのを見て南はぎょっとした。

「いきなり散らしちゃだめです」

「戻ればこの場所に執着してるってわかる。戻り方にこだわりのある住人もいて」

「でも殴っちゃだめです」

警察官も鑑識も、どう見ても一般人にしか見えない五十嵐と南に怪訝な目を向けてきている。鳴海沢がいなかったら規制線の外に放り出されていただろう。鳴海沢がいても、いきなり警棒を振り回したら捕まるのは目に見えていた。

「こ、こういう場合は話し合いです」

犬は苦手、なんて言っている場合ではなかった。南はコホンと咳払いする。

「こんにちは、ワンちゃん。どこの子かな〜？」

相手を緊張させないよう注意しつつ、南は親しげに話しかける。ふわふわと揺れるしっぽのリズムは変わらない。怒ってはいないようだ。

「迷っちゃった？　それとも誰かを待ってるのかな？　お話聞かせて？」

「早乙女さん、離れすぎ」

猫なで声で話しかけていたら五十嵐に指摘され、びくっと肩が揺れた。ゴールデンレトリバー――〝イヌ〟から、五メートルは離れた位置からの声がけだったのだ。

南はそろりと足を踏み出す。怖々《こわごわ》と二メートルまで近づいて、その場でしゃがんだ。

「ここにいるとみんなの迷惑になるから移動しよう。探し物があるんだよね？　私たちが見つけるのを手伝うから」

語りかけても、イヌは南に視線すら寄越さない。不動の姿勢でまっすぐ前を見ている。

「どこを見て……」

イヌの視線を追うように振り返った南は、警察関係者が驚愕《きょうがく》の眼差《まなざ》しを向けてきていることに気がついた。

さすが、ゴールデンレトリバー。大型犬なだけにインパクトが大きい――なんて思ってイヌに視線を戻し、もう一度辺りを見回し、ひくっと口元を引きつらせた。

皆の視線が向いていたのは南自身だったのだ。

あまりにも自然に視認できるから実際そこにいるように錯覚してしまったが、普通の人にはイヌの姿が見えない。つまり皆の視線は〝校門に話しかけている変な人〟である南に向けられているのだ。

「鳴海沢さん、あの人って日々警備保障の遺失物係の人ですよね？　やっぱあそこってヤバい人が多いんですか？」

鳴海沢に近づいてきた若い警察官がこそこそと質問する。一応南に配慮して小声にしているようだが、残念ながら丸聞こえだ。

「鳴海沢、お前、いい病院知ってるだろ。早いとこ紹介してやれ」

通りすがりに鳴海沢の肩を鑑識が叩いていった。

「遺失物係に新人が入ったって聞いたけど、はー、そうだよなー。あそこだもんなー。まともな新人が入るわけないよなー」

嘆きながら別の警察官が離れていく。

顔から火が出そうだ。

「上司が取調室の常連で部下が電波とか、新しいわ」

盛大に溜息をつく警察官もいる。仕事とはいえ居たたまれない。今までずっとまっとうに暮らしてきたのに、今もまっとうに暮らしているつもりなのに、その他大勢から見れば〝遺失物係の変な人〟でひとくくりにされてしまっているのが悲しすぎる。

「五十嵐さん、早く仕事終わらせて帰りましょう」

長居すればするほど印象が悪くなっていきそうで胃が痛い。おまけに五十嵐はそんなことなどまったく気にしない性格で、イヌの周りをうろうろと歩き回って異常がないか確認している。

先刻の体調不良からすっかり復活したのはよかったが、奇異の目をまったく気にしない姿にめまいがする。

「見た目は普通。接触型のカテゴリーⅢ、移動は……できるのか？　散らして……」

「五十嵐さん、警棒はだめです。警棒はっ」

再び五十嵐が警棒に手を伸ばすのを見て南は悲鳴をあげる。こんなところで警棒をふったら問答無用でパトカーに押し込まれる。実際、背後からすごい形相で鳴海沢が五十嵐を見ているのだ。捕まえる気満々だ。むしろ「やれ」と目が語っている。

「でも、試してみないと」

「今はだめです。じ、時間をずらさないと」

「被害が増える」

「留置されたら対応できなくなります」

状況把握はもちろん大切だが、一日に二回も警察に拘束《こうそく》されるなんて、できれば避けたいのだ。南が必死で訴えると、納得したのか五十嵐が再びイヌの周りをうろうろと調べはじめた。しかし、どう見ても普通の大型犬なのだ。

「全然情報らしい情報がない気が……って、五十嵐さん！　だから、警棒はだめですってば！　絶対問題になりますから！」

校門の周りを立ったり座ったりしながらうろうろ歩き回った南は、神妙な顔で警棒を握る五十嵐に慌てた。遠巻きに鳴海沢が睨み、他の警察官からは「あの会社は本当にやべーやつしかいないんだな」という顔を向けられる。

南はぐぐっと唇を噛《か》んだあと、イヌに向かって手を伸ばした。

「いい子だから、こっちにおいで。ここは迷惑になっちゃうから、別のところに移動しようね？　ほら、こっちだよ。おいで、おいで」

ふわふわの毛は黄金色《こがね》。見るからによく手入れされている。ゴールデンレトリバーをとても大切にしていた住人に違いない。だから犬になりきっているのだと考え、南はできるだけ優しい声で呼びかける。

生き物が苦手な南だが、少し触ってみたい、という下心がわいてきた。もちろん、被害に遭った小学生のように昏倒するかもしれないので触るのは控えるが、いかにも手触りがよさそうな見た目にむずむずする。

こんなにおとなしい大型犬なら、いっしょに散歩するのも楽しいだろう。懐いてくれたらかわいいに違いない。

「おいで～。散歩しよう。ね？」

住人であることも忘れ、南は熱心に誘う。だが、イヌはまったく反応しない。

思案しながらスマホをいじっていた五十嵐は、小さく息をついた。

「いったん会社に戻って関連する事件や事故がなかったか調べて……」

五十嵐がそこまで言ったとき、イヌがふっと腰を上げた。「わふっ」と太い声で鳴き、豊かなしっぽをわさわさふりながら五十嵐に近づいていく。

そして、五十嵐の周りをくるりと回って正面に座り、もう一度「わふっ」と太い声で鳴いた。

「……?」

五十嵐がそっと移動する。すると、イヌも同じように移動し、くるりと彼の周りを回ってから正面に座って鳴くのだ。

「懐かれてる……?」

「どうしてですか!? 警棒で殴ろうとした人なのに!」

熱心に話しかける南より、実力行使でいこうとした無情な五十嵐を選ぶなんてあり得ない。悲痛に訴えるとイヌがぴくりと体をゆらし、なにかを確認するように鼻を上げ、いきなり走り出した。

「え!? 待って!」

イヌが南と五十嵐のあいだをすり抜け、歩道に向かう。とっさに五十嵐が警棒を持ったが遅かった。瞬《またた》く間に遠ざかっていくイヌが警察官にぶつかったのだ。

「あ……」

南の目からは、いまだイヌが実在するのか住人なのか見分けがつかない。それほど完璧に再現されていた。けれど、やはりそれは〝実在〟していなかった。イヌの体が警察官の体に吸い込まれ、突き抜ける。次の瞬間、警察官はよろめき、膝《ひざ》を折るなりうめき声もあげずにアスファルトに崩れ落ちた。

「どうした⁉」

近くにいた警察官が仰天して近づく。その警察官もイヌに触れるなり昏倒した。

「権田《ごんだ》さん⁉　佐々《さっさ》さん⁉　しっかりしてください！」

若い警察官が悲鳴をあげる。

南と五十嵐はイヌを追いかけようと足を踏み出した。しかし、駆け寄った警察官に阻《はば》まれて先に進めず、イヌはあっという間に見えなくなってしまった。

「――おい、どういうことだ」

鳴海沢が五十嵐に詰め寄る。だが、説明しようがない。必要とあらば警察と連携も取るが、住人の存在自体は極秘なのだ。

五十嵐はそっと首を横にふった。

「わかりません」

「わからないじゃねえだろ。お前たちはどこを見た？　そっちにいた人間が倒れた理由はなんだ？　偶然なんて言わせねえぞ」

「——すみません」

五十嵐はうつむく。

鳴海沢は忌々《いまいま》しそうに舌打ちし、仲間のもとに向かった。

混乱する現場をちらりと見た五十嵐は、南に「行こう」と声をかけて歩き出した。

イヌを捜したが、結局、その日は見つけることができなかった。


会社に戻ったときには日が暮れ、定時をとうに過ぎていた。

南はイヌの情報を集めるためパソコンに手を伸ばしたが、部長に退社するようながされ、山子に引きずられながら帰宅することになった。

「こ、これで被害が拡大したら……っ」

道端にはいつも通り黒いもやがゆらゆらとし、交差点では人の形を成した住人が繰り返し歩道を渡ってときどき車に轢《ひ》かれていた。

すでにすっかり見慣れた彼らとは違い、よもやま小学校にいたイヌは、人に害をなす住人なのだ。今も誰かが意識を失い、病院に搬送されているかもしれない。

「警察官が二人搬送されたってニュースでやってたもんねえ。でも、それ以外は今のところめぼしい変化もないし大丈夫でしょ」

「私と五十嵐さんの目の前でイヌさんと接触したんです」

南は落ち込む。コミュニケーションどころかあっさり逃げられ、おまけに被害まで出てしまった。

そんな南を見て山子は苦笑する。

「たまに犬になっちゃう住人っているのよね。猫もいるけど、断然犬なのよ。犬って機動力あるから大変なのよねえ」

「徘徊《はいかい》したら被害が増えますよね。呑気に話しかけず、五十嵐さんに任せて散らすべきでした。私の判断ミスです。私、やっぱり会社に戻りますっ」

「待ちなさい、落ち着きなさい。今戻ったって部長に追い返されるだけよ。働き方改革で残業減らせって言われてるんだから」

「五十嵐さんはまだ会社です」

「報告が終わったら退社するわよ」

「根室さんなんて、ときどき泊まり込みで仕事してます」

「アレはいいのよ。もともと人間らしい生活なんてしてないんだから」

人間としてカウントしちゃいけません。あっさりとそう返ってきた。人間らしい生活をしていないから人間扱いしなくていいというのは極論だが、これに関し、否定する気がまるで起きないので聞き流すことにした。帰宅したら可能な限り調べようと心に決め、実際南は、夕食までのわずかなあいだにスマホを駆使して情報を集めることにした。

けれど、これといって有益なものは見つからない。

追加情報はよもやま小学校付近で警察官が倒れたことのみ。当然、ゴールデンレトリバーの話題など出るはずがない。

がっくり肩を落としながら一〇二号室に向かうと、テーブルにはこんもり唐揚げが盛られた皿が置かれていた。

「こ、このタイミングでテンションの上がる夕食……!!」

「落ち込んだときほど食べなきゃね!」

山子が華やかにウインクした。

唐揚げは生姜《しょうが》が利いてサクサクだった。あふれる肉汁に悲鳴が出てしまう。箸《はし》休めは手作りの胡麻《ごま》ドレッシングがかかった新鮮野菜のサラダだ。さっぱりローカロリーなのが憎い。たっぷりワカメの入った中華スープも胡麻の風味がおいしくて、ついついおかわりをしてしまった。

「ごちそうさまでした……っ」

タヌキの貯金箱に小さくたたんだ千円を投入する。

「んまー!!　大奮発!　毎度!」

ニコニコと山子が貯金箱をかかげる。山子が趣味で作ってくれる料理は、基本、料金が任意である。はじめの二カ月はしょっぱい金額しか払えなかったので、今は最低ワンコイン、ときどきちょっと多めに入れるよう心がけている。

「うう。今日もおいしかった」

ダイエットはしたいが、山子は料理がうまくてついつい食べすぎてしまう。大好きなコンビニスイーツを我慢しているにもかかわらず、シャワーを浴びているとお腹周《なか》りが気になってきた。浴室から出て髪を乾かし、明日は食べすぎに気をつけようと心に誓いつつ犬関連の情報を調べはじめた。

だが、出てくるのは譲渡会やイベント情報、犬連れで入店できるカフェ、ドッグランやしつけ教室、愛犬家の集会《つどい》といったものばかりだった。

「ゴールデンレトリバーはイギリス原産の犬で、頭がよく、人懐っこくて従順で、さみしがり屋……番犬には向かない犬種」

泥棒にもしっぽをふってしまいそうな柔和な雰囲気に納得する。

「え。室内で飼ってあげたほうがいいの!? あんなに大きな犬なのに!?」

豪邸に住めというのか。何気なく〝ゴールデンレトリバー〟を検索して驚倒する。小型犬を室内で飼うのはわかるが、大型犬を家の中で飼うイメージがなかったのだ。

「……運動量がえぐい」

朝晩、一時間ほど散歩させるのが理想だという記事を見つけた。抜け毛が多いからブラッシングは毎日おこなうほうがいいだとか、爪の手入れも必要だとか、シャンプーも定期的にするだとか、犬を飼ったことがない南には戸惑うばかりの内容だ。

イヌの毛は黄金色でつやつやと美しかった。きっと毎日丁寧にブラッシングした成果なのだろう。その姿に執着があるのか、あるいは——。

悶々《もんもん》と考え込んでいると、カタンと小さな音が聞こえてきて、南ははっと顔を上げた。

時計を見ると九時を少し過ぎている。

晩酌《ばんしゃく》の時間だ。

急ぎ足で冷蔵庫に向かい、ストックしてある缶チューハイをつかむ。そして、小皿を二つ手にして窓辺へと急いだ。

日々警備保障は会社で借り上げた住居があり、社員は安価で入居できる。南が暮らす日々荘《にちにちそう》もその一つで、階段はさび付き、アパート全体もすっかりくたびれたぼろ屋だが、会社から徒歩五分、家賃は五千円という素晴らしい〝好条件〟がそろっていた。

が、しかし、食堂などに使われる一〇二号室を除き、五室ある中で埋まっているのは四室――そのすべてが遺失物係のメンバーというカオス状態だった。

南の部屋は二階の一番奥、二〇三号室だ。引っ越してからちまちま片付け、先日、ようやく最後の段ボール箱を資源回収に出した。

そんな南の隣室、二〇二号室の住人はというと。

「お疲れ様です、五十嵐さん」

五十嵐楽人《らくと》、その人であった。

窓から顔を出し声をかけると、ビール片手に月を眺めていた五十嵐が南へと視線を移す。

「お疲れ様です」

律儀にぺこりと頭を下げてくれた。

「報告、任せてしまってすみません。すごく時間がかかったんですね」

大きめのシステムキッチンとテーブルが置かれている一〇二号室で山子と五十嵐の二人が食事を作るのは日常で、南もときどきそんな二人を手伝っていた。だが今日は、夕食の時間どころか、夕食が終わったあとでさえ五十嵐の姿はなかった。

南の謝罪に五十嵐は肩をすぼめた。

「報告のあと、犬なんて興味ないって拒否する根室さんを説得してただけだから」

「見た目は犬ですけど、イヌさん住人ですよ!?」

「リア充は嫌いだって」

犬はいつだってなにをするのだって全力だ。根室の目からは犬生を謳歌《おうか》しているように見えるのだろう。とはいえ、感性がズレすぎて共感できない。そもそも仕事なのに、実害も出ているのに、協力するのを嫌がるなんて社会人としてあるまじき行為だ。

「そ、それで、根室さんを説得できたんですか」

「なんとか」

相当苦労したらしく、五十嵐が疲れ果てている。「お疲れ様です」ともう一回繰り返し、南は皿の一つを五十嵐に差し出した。

「玉子焼きです」

一言添えると、五十嵐の顔がぱあっと輝いた。

五十嵐楽人は大の卵好きだ。卵をこよなく愛していて、卵料理というだけですべてを許してしまうほど心酔している。普段から率先して卵料理を作り、ハズレがないと断言できるほど完璧なのだ。

しかし、夕飯には間に合わなかった。つまり決定的な卵不足である。

ゆえに南は、勇気を出してフライパンを握った。

「明太子を巻いてみました」

酒の肴《あて》になりそうな料理を調べたら出てきたレシピを参考に作った一品だ。こっそり言葉をつけ加えると、五十嵐がうやうやしく両手で皿を受け取った。

「明太子……!!」

卵を崇拝《すうはい》している彼なら作ったことがあるだろうに、皿を手に感動に打ち震えている。いそいそとビールの缶をかかげてきたので、南もチューハイをかかげた。

ビールの缶とチューハイの缶がコツンとぶつかる。

「乾杯」

引っ越してからはじまった晩酌は、お互いの都合がつけばスタートする決まりだ。つまみは南が用意することが多く、会話の内容は色気もなく仕事中心。けれど、南は密かにこの交流を楽しみにしている。

シャワーを浴びたばかりなのだろう。まだ濡《ぬ》れた髪を、五十嵐が長い指で軽くかき上げる。意外とそういう仕草は色っぽい。いつも以上にラフな格好も、気を許してくれているようでちょっと嬉《うれ》しい。

「イヌさんのことを調べたんですけど、めぼしい記事はありませんでした」

南の報告に耳を傾けていた五十嵐は、玉子焼きを頬張った直後、口元をほころばせた。どうやら気に入ってもらえたらしい。

「大きな事件が関係してるわけじゃないのかも」

「でもそれだと調べようがありません。会話もできそうにないし……いっそのこと、警察の人に呪いの眼鏡でイヌさんを見てもらうのはどうですか？　情報が集まるかも」

「――協力面ではスムーズにいくかもしれない。だけど、混乱を招くのは避けられない。それが一般人に波及《はきゆう》したら収拾がつかなくなる。見えない脅威《きようい》なんて、ウイルスのようなものだから」

五十嵐の言葉に南は口をつぐむ。局地的なトラブルで収まっているうちに解決するのが常套《じようとう》なのだろう。

「今はイヌの行動を追うしかない」

「行動ですか？」

「校門から離れた時間、そこから向かう場所、戻ってくる時間。規則性があると思う」

「……そこからイヌさんが探しているものを推測するってことですよね？」

無茶ぶりだ。

何度か鳴いたが、あの住人は、見た目も行動もまるきり犬だった。ゆえに、その行動からすべてを推察し、イヌが望む答えを見つけ出さなければならないようだ。

「ネットニュースでは、ガス漏れなんかの異常は検知されなかったそうです」

「だったら、いずれ規制線はなくなる」

「規制線がなくなってイヌさんが動けば、きっとまた被害が出ますよね」

「その前に解決しないと」

神妙な顔で五十嵐が玉子焼きを口に運び、南も玉子焼きにかじりつく。つまみ用に濃く味つけしたおかげかチューハイがおいしい。けれど、素直に楽しむことができない。

入院した子どもたちは、いまだ意識が戻っていなかった。

原因となった住人を異界に戻さない限り、被害者は誰一人目覚めないだろう。

家族がどれほど心配しているか——南はぎゅっと缶を握りしめた。

3

それから二日後、ようやく規制線がなくなった。

ただし警察官による巡回は続いていて、学校は明日から再開されるらしい。

「あ、イヌさんが来ました！　十五時四十分、飯村《いいむら》二丁目の交差点を左折、学校に向かってます！」

南はスマホから五十嵐に報告する。豊かな黄金色の毛を揺らし、ゴールデンレトリバーが歩道を歩く。トットットッと、テンポよく歩く姿は、飼い主とともに散歩しているようにさえ見えた。この一場面だけ切り取れば、ごくごく平和なワンシーンだ。

「……あ……っ」

ベビーカーを押した女が脇道から出てまっすぐこちらに向かってくる。

「すみません！　通ります！」

南はそう断って、不自然に歩道の真ん中を歩いた。お互い左右によければ通れる道を、あえて中央突破——歩道の左側でベビーカーを止めつつ、「なにこの人」と、非常識を責める母親の視線が痛い。

「ご、ごめんなさい」

イヌといっしょに小走りで移動し、南は小さく謝罪を追加する。

十五時四十三分、小学校に到着。

「五十嵐さん、イヌさんに変化なしです」

校門の前で待機していた五十嵐が、スマホで時間を確認しつつうなずいた。事件当日よりだいぶいいが、やはり微妙に五十嵐の顔色が悪い。学校にトラウマがあるのかと疑ったが、心配するとよけいに無茶をしそうなので、南はサポートに徹することにした。

イヌが校門の前を行ったり来たりしはじめた。

「このタイミングで小学生と接触したのか」

校門をうろつくイヌに下校する子どもたちが接触した。五十嵐はそう推測したらしい。

行動原理は不明だが、イヌはしばらくすると校門の前に座ってしっぽをゆらゆらと揺らしはじめた。

「あれ？　校庭に子どもたちがいるんですね」

かすかに聞こえてきた声に校庭を見ると、子どもたちがサッカーボールを追いかけていた。学校は休みだが、規制線がなくなって自由に入れるようになったため遊びに来ているのだろう。サッカーをしている男子が六人、近くで飛び跳ねたり手を叩いたりして騒ぐ男子が三人いる。

「……あの子たちの誰かを待ってるとか？」

敷地内に入らないのはちゃんとしつけがされているから――なんて考えてイヌに視線を戻すが、ヒントらしいヒントもなく、それから十分以上なにも変化がなかった。

「き、君はどこの子かな？　お家《うち》はどっち？　どうしてここにいるのかな～？」

痺《しび》れを切らした南は、イヌの横にしゃがんで声をかける。しかし、イヌは相変わらず反応しない。

「探し物はなんですか？　お手伝いするんで、教えてくれませんか？」

猫なで声をやめて問いかけるが、やはり反応がない。

「五十嵐さん、この子、本当に中身人間ですか？　言葉が通じない可能性とか……」

「さあ」

「……わ……わん！　わん！　わわん！」

首をひねる五十嵐の隣で情緒たっぷりに鳴いてみた。

「うわー、変なおばさんがいるー」

サッカーボールを小脇にかかえた小学生が、校門から出てきて驚愕の眼差しを向けてきた。

南は羞恥《しゅうち》に赤くなり、慌てて立ち上がった。

さきほどまで遊びに没頭していた子どもたちが勢揃《せいぞろ》いしている。

「これには訳が!!」

「逃げろ！」

「不審者には近づくなって先生が言ってた！」

懸命に訴える南を無視し、子どもたちが悲鳴とともに全速力で駆け出した。〝遺失物係の変な人〟が〝校門に向かって吼《ほ》える不審者〟に格上げだ。

「……ドンマイ」

五十嵐がぼそぼそとフォローを入れる。

「な、なんで教えてくれないんですか」

「犬語が通じるかと思って」

こんなところで好奇心を発揮して見守ってほしくない。

イヌの探し物を見つけるまでこんな生活が続くのかと思うと悲しくなる。

「そのうち通報されそうです」

「鳴海沢さんはいい人」

不安を伝えるだけ無駄だった。南が溜息をつくと、イヌがスタスタと歩き出した。

五十嵐がスマホを確認する。時間のズレを含めどこまで規則性があるのかないのかしばらく様子を見ないと判断できないが、向かう方角は以前と同じ、校門左手、つまりは西方向だ。

「十六時五分」

十字路をいくつか曲がると、イヌの姿は煙のようにかき消えてしまった。

なんの変哲もない住宅街である。目印になるような建物も、特筆すべき施設もない。つまりヒントがなにもない。

「五十嵐さん、この場合は」

「近隣を聞き込み」

当然そうなる。

「散らさなくても勝手に消えちゃうことがあるんですね。移動してるんですか?」

「住人によって違う」

「――でも、次に現れるまでは被害がないってことですよね。イヌさんが歩いてるのって、散歩コースですよね?」

「たぶん」

つまり聞き込みのターゲットは、犬の散歩をしている人。たった今イヌが消えたのなら、今まさに散歩している人が聞き込みの対象だ。

少し歩くと、すぐに小型犬を連れた女がやってきた。もこもこな焦茶《こげちゃ》の毛にピンクのリボンも愛らしいトイプードルは、小さなしっぽを激しくふりながら歩いている。

本来、愛犬と散歩をしている人とのコミュニケーションは取りやすい。犬の話題を出せば、多くの人がこころよく応じてくれるからだ。にもかかわらず、五十嵐にはハードルが高いらしい。鬼の形相で固まってしまった。それを見た飼い主が、あからさまに警戒してリードを引くのが見えた。

「か、かわいいワンちゃんですね！　お散歩ですか？　私も犬が飼いたいんですけど迷ってて……トイプードルってすごくかわいいですよね」

南はとっさに笑顔を作って声をかける。

「かわいいですよ。この子まだ一歳なんですけど、好奇心旺盛《おうせい》で、元気がよくて」

褒められてまんざらでもないように、女がトイプードルを抱き上げる。しっぽがますます激しく左右にふられる。「トリミング代が高くて～」なんて雑談を聞いたあと、

「いつもこの辺りを散歩されてるんですか？　大型犬もいいなって思ってて、ゴールデンレトリバーも候補に入れてるんです」

南はさりげなく話の矛先《ほこさき》を変える。五十嵐も、少し離れたところでうなずく。

「そういえば、ゴールデンレトリバーを散歩させてる人もいますよね」

「学校の前を散歩コースにしてる犬です」

五十嵐が南の言葉をこっそり補足する。すぐに返事があるかと思ったら、女は愛犬を撫《な》でながら首をひねった。

「ゴールデンレトリバーですか？　ラブちゃんじゃなくて？」

「ラブちゃん？」

「ラブラドールです。ラブラドールレトリバー。ムゥくんなら同じ散歩コースだから、と

きどきいっしょに散歩するんですけど」

ゴールデンレトリバーとラブラドールレトリバーでは犬種がまるで違う。長毛と短毛、性格だって違う。「ラブちゃんもかわいいですよね」なんて適当に合わせつつ、南たちは女と別れた。

少し歩くと今度は秋田犬《あきたいぬ》の散歩をする中年の男が現れた。「かわいいですね」と南が再び同じ調子で声をかけ、同じような会話の流れでゴールデンレトリバーの話題をふる。けれど、やはりゴールデンレトリバーではなくラブラドールレトリバーの話が出てきた。

そこから数人、犬の散歩をしている人に声をかけたが結果はすべて同じだった。

「ど、どうしましょう、五十嵐さん。情報ゼロです」

大型犬なら散歩をしていればいやでも目につく。犬仲間なら自然と交流が生まれ知らないはずはない——とは思うのだが、全員が知らないと言う。

「……近くのホームセンターにペット館がある」

五十嵐がスマホ画面を南に見せる。ゴールデンレトリバーならトリミングをしている可能性が高い。エサだって、リードや首輪、犬用のオモチャだって必要なのだから、なにか情報が得られるに違いない。

——と、期待したのだが。

「……本当に近所にはなさそうですね、ゴールデンレトリバーを飼ってる家」

ホームセンターのペット館に行き、どんな犬を飼うか迷っている、と切り出して大型犬に興味がある旨を伝えて情報を聞き出してみた。「近所にゴールデンレトリバーを飼っている人がいなくて」と口に出したときは、どこそこの誰ぞやさんが飼ってますよ、なんて返事を期待していた。しかし、最後までそんな言葉は出てこなかった。

「みんなラブちゃんの話しかしないなんて！」

まさかペット館でも〝ムゥくん〟の話題が出てくるとは思わなかった。

「範囲を広げる必要があるかも」

「は、範囲って、ゴールデンレトリバーの散歩時間って結構長いですよ？　どこを捜索範囲にするか目星もつかないのに広げちゃったら……」

「すごく頑張ればなんとか」

「無理です！　現実的じゃありません！」

「あ、近くにドッグランがある」

「五十嵐さん！」

スマホ片手に歩き出した五十嵐に南は悲痛な声をあげる。彼は行動力があるのだ。そのうえ体力もある。だから、南に配慮しつつもどんどん先へと進んでいってしまう。

十分ほど歩いた場所にドッグランがあった。併設された休憩所では子犬に触れ合いつつの譲渡会や、エサや首輪、リード、オモチャなどの販売がされていた。

桜の絵が描かれた看板には〝ペットハウスさくら〟とある。

ドッグランには二人の従業員がいて、一人は犬の訓練を、一人は事故がないようドッグランを見て回っている。

「ここではしつけ教室もしてるんですね」

南たちは店に入ると〝ドッグトレーナーいずみ〟と書かれた、ピカピカの名札をつけた若い女性に声をかけた。

「いらっしゃいませ。お預かりしてトレーニングをするコースと、飼い主とワンちゃんがいっしょに学ぶコースの二つがあります。こちらがパンフレットに……」

営業スマイルで冊子を差し出すドッグトレーナーに南は慌てた。

「いえ、これから飼おうと思っていて」

「そうなんですか。ご希望の犬種はありますか？　店内にいるワンちゃんは新しい家族を待ってる子で、無料譲渡ですが審査があります。ドッグトレーナーの山本《やまもと》が――外で犬の訓練をしてる人ですけど、山本が自宅でしつけもしてるので、室内飼いもできます！」

サークルの中で子犬がゴロゴロと転がって遊んでいる。〝保護犬です。隔週出勤中です。

抱っこできます。大きな音は苦手です〟と、ケージに手書きのボードがかかっている。

「山本の自宅にはワンちゃんがたくさんいるから、ものすごく社交的な子に育つんですよ。あ、うちはブリーダーと提携してワンちゃんを販売していますが、基本的に展示という形は取っていないんです。ご希望の犬種がある場合は、子犬が生まれるまで待って、生まれたあとはお迎えするまで写真や動画で随時《ずいじ》ご連絡を入れるようにしています。ワンちゃんをお迎えするときは本当に感動しますよ」

愛情たっぷりに微笑《ほほえ》むドッグトレーナーに、思わず南も笑顔になる。今もドッグランで多くの犬たちが走り回っているのは、ドッグトレーナーの人柄もあるのだろう。

「大型犬が希望で……」

「大型犬は運動量が多いんですが、彼氏さんがいるなら安心ですね」

ニコニコと断言されて、南は固まった。

彼氏さん。

ここにいるのは南と店内を眺める五十嵐だけ。つまり彼氏さんは、自動的に五十嵐のことになる。

「……ちちちっち、違います!!」

南は赤面して否定する。

「か、彼は……その、えっと……」

会社の先輩、しかも異性といっしょに、ペットを見に来るのは普通だろうか。否《いな》だ。こんなプライベートで大切な買い物を〝ただの先輩〟とするはずがない。今まで話を聞いた人たちは、南と五十嵐が付き合っているという認識のうえで会話していたのだろう。

意識するとますます顔が赤くなった。

「か、……カレシ、なので、ゴールデンレトリバーを飼いたいと、思います」

五十嵐が答えた。否定するのが不自然なのはわかる。だが、肯定されるとどんな顔をしていいかわからない。ちらりと五十嵐の顔をうかがい見たが、残念なことに、彼の表情はよくわからなかった。

ドッグトレーナーの目にどう映っているのかは不明だが、ほのぼのとした笑みを向けられてしまった。

「近所にゴールデンレトリバーを飼ってる人はいますか？　いろいろ聞きたくて」

南が気を取り直して尋ねると、ドッグトレーナーはちょっと困った顔になった。

「最近は飼ってる人いらっしゃらないんです。人気の犬種なんですけど。ラブラドールレトリバーを飼ってらっしゃる方なら何人か知ってます」

「――遠方には？」

「他県からときどきドッグランにいらっしゃいます。一カ月に一回、日曜日に」

イヌの行動を考えると、県をまたいで来ているとは思えない。つまりここでも必要な情報が得られないのだ。

結局何一つわからないまま、学校が再開してしまう。

南は愕然とした。

被害が拡大する。校庭で元気にサッカーボールを追いかけていた少年たちが、明日は病院のベッドの上で横たわるかもしれない。

形容しがたい焦りに、南はぐっと唇を嚙みしめた。


「……が……学校に不審物が置かれていると、電話をしてみます」

翌朝、南は出社するなり部長に訴えた。

電話一本で休校になり、規制線が張られれば学校に近づく人間は激減する。労力は最小限、被害も最小限。もっとも効率のいい方法だ。

「早まっちゃだめだよ。被害を減らすために加害者になったら本末転倒でしょう」

「でも！」

「捕まったらクビだぞー」

遅れて出社した根室が、南の隣を通り過ぎざまにそんなことを言う。警備会社の社員が迷惑行為で逮捕――大々的にニュースに取り上げられれば会社のイメージダウンになるし、今まで通りというわけにはいかないだろう。

「子どもたちがイヌに近づかないよう誘導してきます」

「それが一番いいだろうね」

五十嵐の提案に部長があっさりとうなずいた。効率は悪いが、当面できるのはそれだけのようだ。南は肩をすぼめた。

「すみません。……五十嵐さんは学校があまり得意じゃないのに」

廊下に出て南は小さく謝罪した。驚いたように五十嵐が目を瞬き、首を横にふる。

「学校自体は苦手じゃない」

「そうなんですか?」

はじめは明らかに気分が悪そうだったし、昨日だって平時と比べると緊張が見て取れた。なにかトラウマでもあるのかと心配になったのだが、気にしすぎだったのだろうか。

戸惑っていると、「いい思い出がないだけで」と小さく続けられた。

五十嵐は子どもの頃から異界の住人が見えていた。きっと、周りからは浮いていたに違いない。その結果、トラブルに巻き込まれた可能性は十分にある。

「は、早く終わらせましょうね！　イヌさんのためにも！」

五十嵐のためにも。

トラウマを乗り越えるために向き合えという人もいるだろうが、南はそうは考えない。嫌なら逃げてもいいし、かかわらないよう徹底的に避けることだって必要だ。仕方なく向き合う必要があるのなら、他人を巻き込み、可能な限り接触しないよう行動するのだって〝アリ〟だと思う。

「私、頑張ります！」

「ん？　うん？」

ぐぐっと拳《こぶし》を握りしめる南を見て、五十嵐はちょっと不安そうにうなずいた。


しかし、意気込んだ南は、いきなり出鼻をくじかれた。

「イヌさんがいません」

急行した小学校はすでに登校時間を過ぎ、校門は閉まっていた。そして、その付近にイヌの姿はなかったのである。

「おい不審者」

代わりにいたのは、なにかと突っかかってくる警察官——鳴海沢であった。

「鳴海沢さん、奇遇です」

「奇遇じゃねえ、見回りだ。事故があっただろうが。なんでてめえがまた来てやがる。やっぱりなんか知ってるんじゃねえのか」

「お勤めご苦労様です」

「ねぎらわなくて結構だ。質問に答えろ」

「捜査は進んでますか？　公式では進展がないみたいでしたけど」

すごい。相変わらず会話がこれっぽっちも嚙み合ってない。

鳴海沢はかろうじて答えているのに、五十嵐がまったく答えていないせいでどこまでいってもちぐはぐだ。

鳴海沢のこめかみの青筋も絶好調である。いつか物理的に切れるに違いない。

南はオロオロと二人を見守った。彼らの〝会話〟についていけず、口が挟めなかった。

「捜査情報を一般人に伝えるわけがねえだろう！」

「小学生の意識は戻りました？」

「まだだ」

五十嵐のことは天敵とばかりに警戒するのに、律儀な性格らしく、答えられる範囲で答えてくれるのが鳴海沢だ。

「早くなんとかしないと」

南がつぶやくと、鋭く睨まれた。

「なんとかってなんだ？　なにをどうする気だ？　おい、新人！　なにか知ってるのか」

がなり立てられ南は思わず後ずさった。

「ち、違います。聞き間違いです」

「俺は耳がいいんだよ。素直に吐かねえと連行するぞ」

凄《すご》まれてさらに後ずさると、南と鳴海沢のあいだに五十嵐が割って入ってきた。

「任意なら拒否します。仕事中なので。鳴海沢さんも仕事中じゃないんですか？」

動じず尋ねる五十嵐に、鳴海沢の太い眉がぴくりと持ち上がる。「こんなところで油を売っていていいのか」とイヤミに聞こえかねないが、五十嵐にそういった意図はない。本気で心配して問いかけているのだ。

「まだ事件は解決していないんですよね？」

たたみかける五十嵐に、鳴海沢は舌打ちし背を向けた。ずかずかと大股《また》で去っていく。

「鳴海沢さんは仕事熱心」

追い払った本人が、崇拝するようにつぶやいて遠ざかる背を目で追っている。きっと五十嵐の中で、鳴海沢の評価はうなぎ登りだ。感性がここまでずれていると喧嘩《けんか》には発展しないらしい。

とはいえ、なにかミスすれば本当に連行されるだろう。

根室に防犯カメラでイヌを捜すよう依頼し、南たちも近辺を歩き回った。

「今もイヌさんが犬の行動をマネしているのなら、散歩以外はどこかの敷地内ってことになりませんか?」

「現れる時間が決まってるなら、規則性のある生活をしている可能性がある。学生や自営業、主婦、とか」

「二回とも午後三時以降でしたよね。朝は現れないってことは、もっと早い時間に散歩をしているか、それとも午後だけなのか」

運動量が多い犬に対し、午後一回だけ短時間の散歩——もしそうなら、虐待《ぎゃくたい》とは言わないまでも、犬の運動不足に配慮していない、あるいは配慮できない人なのだと考えられはしないか。

モヤモヤする。

犬の散歩をしている人を見かけては声をかけ情報収集するも、相変わらず目新しい情報もないまま午後三時を迎えた。

「うわあああ、五十嵐さん！　イヌさんがめちゃくちゃ小学生に反応してます！」

軽やかにやってきたイヌが、校門をくぐる小学生を見てぶんぶんとしっぽを振り出した。飛びつきそうな勢いだ。

南が血相を変えて訴えると、五十嵐が警棒を握った。

「それを振り回しちゃだめです！　通報されます！　っていうか、たぶん近くに鳴海沢さんがいるから逮捕されます！」

殴る気満々の五十嵐を止め、南は全速力で横断歩道に向かい、歩行者信号にくっついている箱から黄色い旗を引っこ抜いて校門の前に戻った。

ぱっとかかげた黄色い旗には〝交通安全〟の文字。

南は旗を頭上でふって子どもたちの注目を集めてから、両手を大きく広げた。

「校門前は通行禁止です。狭くなってごめんね、一列になって通ってね」

通せんぼをするように、イヌと小学生の列のあいだに立つ。背後から飛びつかれたら南も昏倒しかねない。しかし、このまま放置して被害が増えたら後悔することは間違いないので、引きつる顔に笑みを浮かべ、怪訝な顔をする小学生を誘導する。

「あの、あなたは？」

教員が小走りでやってきた。

「保護者です！　生徒が倒れた事件で心配になってお手伝いに来ました！」

キリッと返す。元マンモス校なだけあって、少子化でも生徒数はそれなりに多い。教師も保護者全員を把握しているわけではないためか、「そうですか」と戸惑いながらも謎の誘導を続ける南から離れ、下校する生徒とともに歩き出した。

背後でイヌがそわそわと歩き回っている。

「は、はーい、気をつけて帰ってくださいねー。歩道では広がらない、おしゃべりはほどほどに。寄り道せずまっすぐ帰るんですよー」

作り笑いのまま、イヌが右に動けば南も体を右に傾け、イヌが左に動けば左に移動した。たまに小さく鳴くのがなおさら怖い。

「あ、犬女《いぬおんな》だ。妖怪犬女！」

子どもたちを誘導していると揶揄《やゆ》する声が聞こえてきた。見れば、休校となった校庭でサッカーボールを追いかけていた少年の集団がやってくるところだった。

南と目が合うと、先頭を歩く少年が握った両手を持ち上げた。いわゆる〝ちんちん〟のポーズのマネをし、にやりと口元を歪《ゆが》める。

「わん！　わんわん！　わわーん！　ぎゃはははは！」

「…………!!」

ぴょんぴょん飛び跳ね、ランドセルを盛大に揺らしながら爆笑している。別の少年たちもマネをして飛び跳ねはじめた。

「犬女！　犬女！」

「こら！　保護者の方になんてこと言うの！　謝りなさい！」

「えー。だって、犬女は犬女だしー」

「もう……すみません。わざわざ来ていただいてるのに……あ！　ちゃんと前を向いて歩きなさい！　危ないですよ！」

生徒を先導していた先生が見かねて叱《しか》るも、少年たちはへっちゃらで笑っている。最後は「またな、犬女！」と手までふられてしまう始末。

「早乙女さん、小学生に大人気」

「あんな人気いりません！」

感心する五十嵐に南は赤面しながら反発した。〝年上の素敵なお姉さん〟と懐かれるならともかく、犬女なんてあんまりだ。

下校が終わる頃には精も根も尽き果ててしまった。しかし、イヌは生徒たちの姿がなくなっても機嫌良くその場でしっぽをふり続け、それから十分ほどして歩きはじめた。

「前もしばらく校門のところにいましたよね」

「なにかを待ってるのかも」

「もし飼い主を待ってるのなら、普通は家の前とかじゃないですか？　学校まで来てたら目撃情報があってもよさそうですけど」

「……憧れの犬種がゴールデンレトリバーだったとか」

住人が執着そのものに転化するなら、その可能性は十分にある。軽快に歩き出したイヌのあとを追いながら、南は青くなって五十嵐を見た。

「そんなこと言い出したら――」

それこそ、なにを目印に探していいのかわからない。そう訴えようとした南を、五十嵐がとっさに止めた。なにごとかと口をつぐんだ南は、イヌがひときわ大きくしっぽをふるのを見てはっと視線を上げる。

イヌが見ていたのは、黒いズボンに真っ白な半袖《そで》のシャツを着て、自転車にまたがったまま小学校を見つめる少年だった。

顔つきが幼い。自転車も新しい。

真新しい制服と自転車から推察するに、中学校の一年生といったところだろう。

「すみません、もしかして……ゴールデンレトリバーを知りませんか？　この辺りを散歩していた子だと思うんですけど」

南が声をかけると少年は顔色を変えた。ぐっと唇を噛みしめ、自転車を降りると車体の向きを変え「知りません」と言い残すなりペダルに足をかける。

「待ってください！」

南の制止の声もむなしく、少年は逃げるように立ち去ってしまった。

「――五十嵐さん、今の」

ちらりと隣をうかがい見ると、彼はゆっくりうなずいた。

「関係者だ」

イヌは少年を追いかける途中で煙のように風に溶けて消えてしまった。

4

「今井田《いまいだ》第一中学校は、よもやま小学校の他に三校の生徒が卒業後に通う中学校」

「さすが卒業生！」

制服と自転車に貼ってあるステッカーからあっさり学校を割り出した五十嵐に、南は尊敬の眼差しを向ける。五十嵐はポケットからスマホを取り出した。

「お疲れ様です、五十嵐です。根室さんをお願いします」

なにをするかと思ったら、移動しつつ付近の防犯カメラのチェックを依頼していた。黒いママチャリにのった中学生——自転車で走り去った方角もわかっている。

「ええ。今も移動中だと……え、見つかったんですか？」

五十嵐の声がわずかにうわずった。リアルタイムで追跡させる気なのだと南ははっと息を呑む。防犯カメラは、犯罪抑止やいざというときの証拠映像というイメージだったが、こういうふうに活用できるなんて目から鱗《うろこ》だ。

「そのまま追跡をお願いします。そんなに長い時間じゃないと思います」

そう頼んで、五十嵐は通話を切った。

「さすがですね、根室さん。趣味覗き、特技覗きが遺憾《いかん》なく発揮されててびっくりです」

根室の行動力はいささか病的ではあるが、こういうときには心強い。たとえ一時的に見失っても、あらゆる手段を駆使して標的を見つけ出しそうだ。

「車で待機しよう」

空を見上げ、五十嵐が提案する。薄曇《うすぐも》りだった空には分厚い雲がかかり、風が雨のにおいを運んできた。

間もなく、大粒の雨が大地を叩いた。

ここ数日は晴れていたからすっかり忘れていた——というより、今年はニュースで〝空《から》梅雨《つゆ》〟という話題が取り上げられるほど雨が少ない。瞬く間に暗くなる空を車内で見ていると、なんとなく気持ちが沈んできてしまう。

「あの子とイヌさんの関係ってなんでしょう」

住人は、中身と外見が一致するとは限らない。本来の姿を取り戻すのは、あちらの世界に帰る直前。そう考えると、飼い主とペット、という関係性でないのはわかる。

「……住人は人間だけじゃないから」

「あ、鳳《おおとり》さんに聞いたことがあります。置物とか、昆虫《こんちゅう》とか、……化け物って可能性もあるって」

「ごくごく稀《まれ》に、正真正銘《しょうしんしょうめい》、異界の住人がこっちに来ることがあるらしい」

「……正真正銘って」

「あっちで生まれてあっちで育った、生粋《きっすい》の化け物」

カテゴリーⅢだけでもおおごとになるのに、生粋の化け物なんて手に負えない。十人単位の犠牲ではすまないと、南は本能的に悟った。

「そ、その場合、戦うんですか」

今ですらこんなに苦労しているのだ。説得して帰ってもらうなんてどう考えても不可能だ。説得が無理なら実力行使——しかし、方法がまるで思いつかない。

怯《おび》える南に、五十嵐はあっさりこう語った。

「部長が出る」

無害そうな笑みが脳裏をよぎる。運動が得意とは思えない太鼓腹、いつもだいたいデスクワーク。南は青くなった。

「部長が頑張ってどうにかなるレベルじゃないです！　無謀すぎます！」

「一応そういうことになってるみたいだから」

五十嵐がずいぶんとアバウトな言葉を返してきた。南はフロントガラスを激しく打ちつける雨をちらりと見てから肩をすぼめた。

「そういえば、新歓《しんかん》のときに鳳さんが部長のこと陰の実力者って言ってませんでした？」

「言ってたかな？」

三カ月ほど前、しかもお酒も入っていたため五十嵐は記憶にないらしい。そこで会話がパタリとやんで、雨音だけが車内を埋めた。

「雨、降ってきちゃいましたね」

「梅雨だから」

南のつぶやきに五十嵐が応じる。そのとき、軽快な電子音が響いた。五十嵐がスマホを持ち上げ、通話ボタンを押す。

「お疲れ様です、根室さん。え？　見つかりました!?」

依頼して三十分もたっていない。南が思わず身を乗り出すと、気づいた五十嵐も体を寄せてきた。

「……っ……」

肩が軽くぶつかった。とっさに体を引こうとしたが、なんとなく不自然な気がして体を硬くしていると、五十嵐が顔まで寄せてきた。近い。近すぎる。服越しに体温が伝わり、スマホを握る五十嵐の指が南の頰に軽く触れる。

『喜田《きだ》って家だな。そこから車で十五分くらいの場所にある集合住宅の中の一軒だ。地図送るから確認してくれ』

根室の声がぼそぼそと聞こえてくる。

「ありがとうございます」

五十嵐が礼を言って南から離れる。

南はぎゅっと右手で右耳を押さえた。きっと今、真っ赤になっているだろう。急に近づいてきたから、驚きすぎて心臓がバクバクしてしまう。

「案外距離がある」

五十嵐は南が動揺していることに気づかず、スマホを確認しながらそうつぶやいた。南はこっそりと息を吸い込んで動揺を隠した。

車のエンジンがかかると同時、カーナビに住所を打ち込んでスタートボタンを押した。カーナビの指示通り、雨の道を車が走る。雨足はどんどん強くなって辺りが暗く感じるほどだった。

「近くにコインパーキングは？」

「あります」

南はコインパーキングまでの道のりを指示する。コインパーキングに車をとめてエンジンを切ると、少しだけ雨足が弱まった。素早く車から出た五十嵐がトランクから透明傘を取り出し、助手席に回って傘をさした。

「あ、ありがとうございます」

なんだろう。ものすごく気を使ってくれている気がする。傘の下に移動してドアを閉じ、ちょっと動転する。傘は一つ。だから必然的にいっしょに入ることになる。

またしても近すぎる。

「うあああ」

「早乙女さん？」

「なんでもありませんっ」

つつっと逃げると、五十嵐が追うように近づいてくる。

「濡れるから、もうちょっとくっついて」

逃げれば逃げるほど近くなる。拷問《ごうもん》みたいだ。肌寒さを感じるほど雨で気温が下がっているのに、恥ずかしすぎて体中が熱くなる。

「ひゃあああぁぁぁ」

「早乙女さん？」

「なんでもありません――!!」

五十嵐はいつも通り。だから南も必死で平静を装った。次に逃げたら肩を抱かれて引き戻されそうで、中途半端に逃げるわけにもいかずに変に体に力が入ってしまう。ぎくしゃく歩く南は、五十嵐の視線を感じていっそう緊張する。

「……早乙女さん」

「な、なんでしょうか」

尋ねると傘を持っている手とは逆――左手を差し出される。

「歩きづらいなら、お姫様抱っこを」

「結構です！」

きっぱり断って、南は赤く染まる顔をまっすぐ上げる。上からそそがれる視線に気づくことなく、しっかりと足を踏み出す。ふっと五十嵐が微笑んだことにも、残念ながら気づかなかった。

「だいたい、抱っこしたらどうやって傘をさす気ですか」

「早乙女さんがさせばいい」

「そ……」

確かにそれなら無駄がない。南ははたと目を見開く。

「——やってみる?」

「やりません!」

そんな目立つこと、絶対に無理だ。南はますます赤くなって断固拒否を貫く。すると、頭上からかすかな笑い声が聞こえてきた。

「……楽しんでませんか」

「そんなことは」

上目遣いに睨むが、顔をそむけられてしまってよく見えない。その代わり、彼の左肩が傘から出て濡れていることに気がついた。濡れていない自分の右肩を見て、胸の奥がムズムズしてきた。

申し訳ない気持ちと、ちょっと浮かれてしまう気持ち。

――彼は気遣いができる人なのだ。

南はとっさに自分にそう言い聞かせる。

スマホで位置を確認しながらしばらく歩くと、『喜田』と表札のかかった家を見つけた。

薄茶色の屋根と白い壁というなんの変哲もない一軒家で、広めの庭には砂利《じゃり》が敷きつめられていた。

犬小屋はない。犬用のオモチャなども見当たらない。室内飼いが推奨《すいしょう》されているとはいえ、つい最近まで飼っていたとは思えないほど痕跡《こんせき》の一切がない。

「ここで間違いないですよね？」

「根室さんの情報では。……住人がゴールデンレトリバーになってるなら、その犬種とかかわりがあるとは思うんだけど」

五十嵐が戸惑い顔になる。そんなとき、降りしきる雨の中、大型犬を連れた女が近づいてきた。

「五十嵐さん！　あれ！　ゴールデンレトリバーです!!」

南が声をあげる。行儀よく女の隣を歩くゴールデンレトリバーは、南たちに気づいたが歩調を変えることなく歩いてきた。

「こんにちは、レインコートかわいいですね」

犬のレインコートと女がさす傘が同じ柄なのを見て、南がすかさず声をかける。

「こんにちは。これ、引っ越し祝いに友人からもらった一点ものなんです」

答える声が嬉しげに弾んでいる。

「素敵ですね。でも、ゴールデンレトリバーは運動量が多いから大変じゃないですか？

あ、そういえば、この近所にもゴールデンレトリバーを飼ってる家がありますよね？」

遠回しな雑談をさけて単刀直入に尋ねると、女はかすかに首をかしげた。

「この辺りはうちだけだと思います。みんな小型犬を飼ってて、散歩のときもかわいいワンちゃん見かけますから」

「そ……そうなんですか。大型犬、かわいいのに」

「ホントですよね！　うちはずっとゴールデン一筋です！」

力強くうなずく女に「雨なので気をつけてくださいね」と手をふって別れ、南は五十嵐を見た。

「関係者らしき子どもが見つかったのに、どうして住人とゴールデンレトリバーが繋がらないんでしょう。五十嵐さん、これからどうしますか？」

喜田家を観察しつつ尋ねると、カーテンが開き、よもやま小学校の近くで声をかけた中学生が顔を出した。

「……あ」

即座にカーテンが閉まる。今、間違いなく目が合った。まずい。通報案件だ。小学校からここまで車で十五分――偶然の再会という言い訳では無理がある。

「ちょうどいいから話を」

南は五十嵐の一言に驚愕した。なにがどうちょうどよかったのかさっぱりわからない。

「今そういう空気じゃなかったです！」

「でも目が合った」

「ここはいったん退《ひ》いて立て直しましょう！」

南が血相を変えて五十嵐の腕を引っぱると、喜田家の玄関ドアが勢いよく開いた。飛び出してきたのはあの中学生だ。制服から紺のパーカーとジーンズに着替えている。

「なんなんだよ、お前ら！」

開口一番、少年は怒鳴った。通報する時間はなかったはずだ。いの一番に文句を言いに来たことに、南は密かに胸を撫で下ろした。

この次はどうすべきか――ちらりと五十嵐をうかがうと、いつも通り固まってしまった。相手が中学生でも慣れない相手と話すのは苦手らしい。

南は素早く少年に近づいた。

「お話を聞かせてください」

「い、犬のことなら知らないからな！　俺は関係ない」

「やっぱり飼ってたんですか」

鎌をかけるつもりで尋ねると、少年はすぐさま狼狽《うろた》えた。あからさまな反応に手応《てごた》えを感じ、外堀から埋めようと口を開くと、それより先に少年が怒鳴った。

「飼ってたのなんて五年も前だから！」

真っ赤になって激昂《げっこう》し、少年が言葉を続ける。

「なんなんだよ、いきなり！　五年も前に死んだ犬のことなんて訊いてきて！」

「──死んだ？」

南は思わず繰り返した。では、イヌの中身は本当に犬なのか。だが、被害はここ数日だ。五年も前に死んだ犬が今さら綴化して人々に害をなすなんて、なにか別の原因があるとしか思えない。

「どうして死んじゃったんですか？　事故？　病気？　寿命？」

「知るか！」

少年は南の質問に怒鳴って踵《きびす》を返す。家に入ろうとする少年の腕を、南の後ろで固まっていた五十嵐が身を乗り出すようにしてとっさにつかんだ。

「放せよ！　警察呼ぶぞ!!」

「どうして死んだんだ」

長身の五十嵐が無表情で迫ってきたら、彼の人となりを知らない者なら威圧感に恐怖するだろう。事実、少年もさあっと青くなって身じろいだ。

少年の態度に黙っていられなかったのか、五十嵐の言葉尻がいつも以上に鋭い。

「お前がやったのか？」

「ち、違うっ」

不自然なほど震える声。犬の死に少年がかかわっていることを示唆《しさ》する反応に、南は息を吞んだ。そして、そんな南の様子に、少年はますます狼狽えた。

「違う。俺はただ、お父さんやお母さんがあの犬ばっかりかまうから、だから、いなくればいいって思っただけで……だいたい、あの犬は俺の誕生日プレゼントだったんだぞ！　どうしようと俺の勝手だろ！」

「こ、……殺したんですか……？」

震える南に、少年は激しく首を横にふった。

「だから違うって言ってるだろ！　嚙まれたって嘘《うそ》ついて、お父さんに頼んで保健所に持っていってもらっただけだ!!　それだけだよ！」

直接手を下《くだ》してはいない。けれど、下したも同然だ。人気の犬種とはいえ、大型犬を飼うのは容易ではない。ましてや人を嚙んだという理由で保健所に持ち込まれた〝問題のある犬〟だ。引き取り手など、ますます減るだろう。

最終的に下されるのは殺処分である。

もしかしたら、イヌは最近まで生きていたのではないか。

死んだことにも気づかず、少年と歩いた散歩コースをたどっているのではないか。

子どもたちを見て嬉しそうにしっぽをふっていたイヌを思い出し、南は切なくなる。あのイヌは、いまだ飼い主を捜してさまよい歩いているのだろう。

「最近、亡くなった身内は？」

唐突な五十嵐の質問に、少年はかすかに眉をひそめながら首を横にふった。

「行こう、早乙女さん」

うながされ、南は踵を返した。玄関では、少年がなにか言いたげな顔で立ち尽くしている。一瞬口を開き、ぎゅっと引き結ぶ。きつく握られた拳がかすかに震えていた。

もしかしたら。

一時の感情で嘘をつき、犬を保健所に持っていったことをずっと後悔していたのかもしれない。犬の散歩コースがニュースで出たとき、だからいても立ってもいられず、現場である小学校に向かったのではないか。

その後悔は、少年がずっと背負っていかなければならないものだ。

南は小さく息をついてからスマホを手にした。〝犬〟〝保健所〟のキーワードで検索し、小さく声をあげる。

「保健所で保護された犬は、愛護センターに移ることもあるみたいです」

手放してから緩化するまでの五年のタイムラグは、殺処分を逃れ、愛護センターに移ったことで発生したのかもしれない。

急いで車まで移動し、エンジンがかかるなりスマホで検索した保健所の電話番号を打ち込む。車で十五分の距離だ。

ようやく進展する——南は期待を胸に、雨に煙《けぶ》る町を見た。

「五年前？　その頃は愛護センターもいっぱいでね、残念だけど二週間で殺処分にしてたんだよ。あ、うちはまだ長く保護してたほう。愛護センターの空きを待ってたから。早いところは三日とか、場合によっては二日なんてときもあるって」

保健所に着くと、南たちはさっそく職員に声をかけた。

年配の職員は、言いにくそうに教えてくれた。

「五年前に、喜田って家から……」

「個人情報だからねえ」

南の問いに職員が言葉をかぶせてきた。人のよさそうな職員だがガードは堅いらしい。

「……子どもを嚙んだゴールデンレトリバーが来たはずなんですが」

こっそりと言葉を続けてみたら、職員の糸目がかすかに開いた。知っている顔だ。これはもう、間違いなくなにか思い当たっている顔だ。

「教えてください！　ゴールデンレトリバーです！　ものすごく人懐っこい子で、子どもを嚙むなんてあり得ない子なんです！」

「とは言ってもねえ。個人情報最近うるさくてねえ」

「そこをなんとか！　ちょっとだけヒントを！」

「お願いします」

南は拝み、五十嵐は深々と頭を下げる。困ったなあと職員は頰を搔き、コホンと咳払いしたあと、近くに誰もいないことを確認してから声をひそめた。

「無料で譲渡した子だからね、おおっぴらに言えないの」

「え？」

「本当は畜犬登録費がいるの。だけど、特別に無料で引き渡しちゃったの。内緒だよ」

人差し指を口にあてる。

正規の手続きを踏んでいないのかと戸惑う南を見て、職員が軽く肩をすくめた。

「もとの持ち主のところに帰ったんだ」

「喜田家に？」

驚いた五十嵐が身を乗り出して尋ねると、その勢いに職員が軽くのけぞった。

「急に近づかないでよ、びっくりするなあ」

「すみません」

「――持ち込んだ家じゃなくて、その前だよ。ペットショップに戻ったの」

南と五十嵐が同時に「え」と声をあげると、職員がうなずいた。

「一時預かりで家族を探してくれるボランティアの人がペットショップで働いてて、偶然ここに来て、これはうちで売った犬だって言い出したの。しつけを担当して思い入れがある子だったみたいで、引き取ってくれることになったんだよ。だから、書類上はもとの飼い主が引き取ったことになってるの」

「じゃあ今でも生きてるんですか？」

「頻繁《ひんぱん》じゃないけど定期的に犬の預かりに来て、ゴールデンレトリバーの様子も教えてくれてたからね。その犬を引《こ》き取りたいから引っ越すとか、そりゃもうずいぶん可愛《かわい》がってたみたいで。だけど」

急に職員の顔が曇り、南はドキリとする。

「仕事が忙しいのか、保健所《こっち》に来なくなっちゃったんだよねえ」

見つけた。

そう直感した。恐らくその人物が、今回の件に誰よりも深くかかわっている。

そして、もしかしたら——。

「そ、その人の連絡先を教えてくれませんか」

「ごめん、連絡先は知らないんだ。ほら、あくまでも仕事上の付き合いしかなかったから」

意気込む南に職員は困り顔だ。すぐに「ああでも」と言葉を続けた。

「勤め先ならわかるよ。ブリーダーと提携して子犬を販売しながらドッグランを経営してて、ここからだと車で四十分くらいかかるんだけど。店の名前は、確か」

「『ペットハウスさくら』」

南と五十嵐が同時に告げると、職員は大きくうなずいた。

「そうそう、さくら」

「え、でも、店員さん、ゴールデンレトリバーは知らないって……」

わざわざ隠していたとは思えない。第一、あの辺りで聞き込みをしても、誰もゴールデンレトリバーのことを知らなかったのだ。

「犬のために引っ越したっていうなら、少し離れた場所だった可能性がある。――でも、たぶんその人は……」

五十嵐も同じことを考えたようだ。件《くだん》の犬が保健所から引き取られ、引き取った人は現在音信不通。そうなると、音信不通となった人物こそが怪しいのだ。

一瞬だけ五十嵐と視線を交わし、南は職員にぺこりと頭を下げた。

「いろいろ教えてくださってありがとうございました」

「駒坂《こまさか》さん……ああ、ゴールデンレトリバーを引き取った人だけど、会ったらよろしく伝えておいてくれないかな。またいつでも遊びにおいでって」

「……わかりました」

なんとか笑顔で言葉を返す。

外はすっかり暗く、同じ傘に入っていなかったら会話さえままならないほどの土砂《どしゃ》降りだ。スマホを見ると六時を少し過ぎていた。店の電話番号は調べればわかる。けれどあまりにデリケートな話題なので、電話ですませることなどできなかった。

今から向かえば、〝ペットハウスさくら〟の営業時間に間に合うだろう。

「行きますか?」

南の問いに五十嵐は静かにうなずいた。

車に戻ってハンドルを握る五十嵐はとても静かで、南も自然と口をつぐむことになった。ペットハウスの電話番号を入力し、道案内をスタートさせる。道がすいていたのと、保健所からペットハウスが直線コースだと意外と近かったことから三十分ほどで目的地に到着することができた。

雨のためドッグランが閉まっていたので、店内には南たちが話を聞いた女の従業員と男の従業員二人が、掃除をしながら閉店時間を待っていた。

「いらっしゃいませ――って、あ! いらっしゃいませ!」

ドッグトレーナーの名札をはずしていた女の従業員が、南たちを見てぱっと表情を明るくした。

「お迎え決まりました!?」

「い、いえ、ちょっとお話聞きたくて」

そうだ。犬を飼いたがっているカップルだと勘違いされているんだった。南は赤くなりながらもそう切り出した。

「なんでも聞いてください！」

「いずみちゃんはまだ新人なんで、答えられないことがあったら俺たちが答えます」

「えー、ちゃんと答えられますよ！　見ててください！」

先輩従業員に茶化され、若いドッグトレーナーは唇を尖らせた。

ピカピカの名札に〝新人〟という評価――引っ越し祝いに愛犬のレインコートと同じ柄の傘をプレゼントされたと嬉しそうに語っていた女を思い出し、南ははっとする。どちらも最近生活環境が大きく変わっていて、五年前を知らない可能性が高かったのだ。

「い、いつからここで働いてるんですか？」

「今年の四月からです。まだ三カ月ですけど、ちゃんと勉強してます！　任せてください、と、力強く答える。

南はこくりと唾《つば》を飲み込んだ。

「駒坂って人のことをおうかがいしたくて」

南が控えめに告げると、新人ドッグトレーナーは小首をかしげた。

「駒坂？　誰ですか？」

彼女とは逆に、掃除をしていた男二人は互いに顔を見合わせてからほうきを掃除道具入れに戻し、南たちに向き直った。

一人は短髪のがっちりした体型の男である。年齢は三十代、胸元には〝山本〟の名札がある。もう一人の長髪でややぽっちゃり系の男の名札には〝宮城《みやぎ》〟と書かれていた。

山本が口を開いた。

「駒坂は、いずみちゃんが入る前にやめたドッグトレーナーだよ。駒坂がどうかしましたか?」

繋がった。

南はちらりと五十嵐を見る。かすかにうなずく彼に、南は視線を従業員に戻した。

「ご家族の連絡先を教えていただけませんか?」

「駒坂さんがゴールデンレトリバーを飼っていたんですか?」

必要なら理由を説明しようとした南とは逆に、五十嵐がいきなり本題に斬《き》り込んでいった。五十嵐は会話があまり得意ではない。だからこういうときには南が交渉するようにしているのに、どうやら今回は積極的に会話に参加するつもりらしい。

南は口をつぐんで五十嵐を見た。

「五年前に保健所から引き取った犬です。駒坂さんが可愛がっていたんですよね?」

「どうしてそれを……」

単刀直入な五十嵐の問いに、山本は驚いたように声を詰まらせた。やや前のめりになった五十嵐が、急にぴたりと口を閉じた。

「え……と、その犬に関して尋ねたいことが、いえ、駒坂さん自身のことも尋ねたいというか、だから、つまり」

見るからに第三者が、今はここにいない相手が存命か尋ねるというのも、さすがに不自然すぎる。おろおろと言葉を探す五十嵐に男たちは警戒気味だし、人のよさそうな新人ドッグトレーナーも困惑していた。

「――以前飼っていた方が、会いたがっているんです」

南は言葉を選ぶようにしてそう告げた。

少なくともあの中学生は、小学校を見て過去に手放したゴールデンレトリバーを思い出していた。そして犬の姿をした住人も、あの少年に会いたいから小学校に通っているのではないか。

「保健所に連れていった人が？」

皮肉っぽく山本に問われ、南はちょっとひるんでしまった。ブリーダーと提携する形で子犬を販売し、トレーニングまで請け負っていたのだ。経営方針からも犬に対する配慮がうかがえる。身勝手な飼い主に腹を立てるのは当然だろう。

どう伝えれば山本に納得してもらえるか。言葉に詰まっていると、

「ゴールデンレトリバーを飼っている人に伝言をお願いします」

いきなり五十嵐がそう頼んだ。

「今度の日曜日、午後三時半、よもやま小学校の校門前で待っているって」

「――だから、そういうのは……」

マイペースな五十嵐に山本が困惑する。

「伝えるだけでかまいません。来てくれなくても結構です。伝言をお願いします」

五十嵐が深々と頭を下げるのを見て、南もぺこりとお辞儀をした。男たちは困り顔を見合わせ、新人ドッグトレーナーはぽかんとしている。

「失礼します」

五十嵐がさっさと店を出ていったので、南はもう一度お辞儀をしてから彼を追った。

「だ、誰が来ると思いますか？」

思案げに傘をさす五十嵐に、南は尋ねずにはいられなかった。連絡先を聞いて会いに行って、そこから故人の情報を聞き出すつもりだった。亡くなった時期、その状況、どんな話をしていたか、心残りがあったかどうか――その中から、ゴールデンレトリバーの話題を抜き出していけば、なぜこの世にとどまっているのか見えてくる。そう思っていた。

まさか関係者を現場に直接呼び出すなんて。

「犬を引き続き面倒見てるなら、亡くなった方の家族ですよね？」

「来てくれるといいんだけど——あ、部長に叱られる」

南が五十嵐の隣に並ぶと、時間を確認した彼が渋面《じゅうめん》になった。とっくに就業時間を過ぎていたことに、ようやく気がついたらしい。

だが、できることはすべてやった。

あとは日曜日を待つだけだ。

「……今晩の晩酌のおつまみ、リクエストありますか？」

南がこっそり訊くと、渋面だった彼の顔が一瞬でやわらいだ。

「明太子のやつ」

ほくほくと返ってきた言葉に、南の口元も自然とほころんだ。

5

日曜日の朝は、梅雨らしいしとしととした雨が降っていた。

「ちゃんと来てくれるかな」

ゴールデンレトリバーのもとの飼い主である喜田少年には、昨日、小学校まで来てくれるよう直接会って頼んである。

もちろんはじめは否定的だった。行けばゴールデンレトリバーに会えると伝えると怯えた表情になった。ただ、表情や態度から「来てくれるのでは」という感触はあった。

問題は、現在の飼い主である駒坂の関係者である。

伝言を聞いてちゃんと来てくれるか。場合によっては伝言が山本のところで止まっている可能性もある。

「今日で終わるといいんだけど」

午前中はスマホでよもやま小学校関連の記事を読みあさり、午後になるとそわそわと着替え、待ち合わせ時間に部屋を出る。ちょうど隣室のドアも開くところだった。

「お出かけですか?」

いっしょに出かけるのに、とっさにそんなことを尋ねてしまった。

「早乙女さんも、お出かけ?」

ちょっと面白そうに尋ねられ、南が赤くなる。「行きますよ」と五十嵐の前を素通りすると、「了解」とおとなしくついてくる。幸い、午前中に降っていた雨はすっかりやんでいた。

「そういえば車は……」

「部長に頼んで借りておいた」

五十嵐がすっと車のキーを見せてきた。

「怒られませんでした？」

「休日は休むためにあるんだよって、切々と訴えられた」

「あはは」

日々警備保障は基本的に年中無休だ。しかし、南たちが所属する遺失物係は緊急でなければ土日祝日休みである。異界の住人が相手で予測がつかないうえ、南たち以外に代わりがいないため、社員の体調を最優先するのが部長の方針なのだ。

会社に着くと、休日にもかかわらず駐車場で待機していた部長が出迎えてくれた。

「くれぐれも無茶をしないように！」

「はい。……あの、わざわざ出勤したんですか？」

「僕はここの主《ぬし》だからね」

「つ、つまり、社長の座を狙っているってことですか……!?」

驚倒する南に、部長は声をあげて笑った。まあそんなところだよ、と適当に返事をしつつ送り出してくれる。

「意外と野心家なんですね、部長」

会社でつまはじきにされている遺失物係にいるから、出世とは無縁の生活をしているのかと思っていた。驚く南に、五十嵐はハンドルを握りながら首をひねっている。

よもやま小学校に近づくと、だんだん不安になってきた。

「もし二人とも来なかったらどうするんですか？」

「鳴海沢さんに頼もう。警察権限で駒坂さんの家は調べられるはず」

五十嵐の言う通り警察官という鳴海沢の立場は使えるかもしれない。南は納得した。が、ますます嫌われそうだと複雑な心境にもなった。

公園の駐車場に車をとめ、よもやま小学校に向かう。

待ち合わせ時間の十五分前——通り過ぎる人はいても立ち止まる人はいない。五十嵐は学校の前に待機し、南はいつもイヌが来る方角に向かって歩いていく。

うろうろと辺りを見回すと、角を曲がってゴールデンレトリバーが歩いてきた。飼い主に寄り添うように、豊かなしっぽをゆっくりゆらしている。

「駒坂さん、話を聞いてください。あなたと接触して意識を失った子どもたちがまだ目覚めていません。このまま小学校に通い続けると、被害が大きくなります」

思い切って呼びかけるが、イヌは気づかないのか歩調を変えることなく南の目の前を通り過ぎた。

「駒坂さん、待ってください！」

南は慌ててイヌのあとを追う。正面から自転車が近づいてくるのを見て口を閉じ、イヌの後ろについて自転車が通り過ぎるのを待った。

「駒坂さん、探し物があるんですよね？　だからこっちにとどまってるんですよね？　これから小学校で前の飼い主だった喜田くんと、ゴールデンレトリバーの今の飼い主の方と会うことになっていて……」

だめだ。完全に犬になりきっている。このままでは本当に被害が大きくなってしまう。ここでなんとか止めないと、きっと、悲しむ人がたくさん出る。

反射的に手を伸ばし、黄金色に揺れる大きな背中に触れようとした刹那《せつな》。

「早乙女さん」

五十嵐の声にはっと手を引っ込めた。

「え、あ、喜田くんと、ゴールデンレトリバーの今の飼い主の人は」

とっさに尋ねると、溜息をつかれてしまった。

「早乙女さんはときどき無茶をする」

「五十嵐さんに言われたくないです」

「えっ」

無茶というなら五十嵐のほうがはるかに上手《うわて》だ。だが、自覚のない彼は驚いたように目を丸くしている。それを見て、肩から力が抜けた。

イヌは校門の前に来るといつも通り誰もいない校庭へと顔を向けた。

学校に来てくれるよう頼んだ喜田少年と駒坂家の人間はまだ訪れない。待ち合わせ時間まであと十分。近くを通るのは無関係な車だけ。だんだん不安になってくる。

「こ、……来なかったら、本当に鳴海沢さんに頼むんですか」

「鳴海沢さんはいい人」

その信頼感がどこからくるのかさっぱりわからない。が、強引に頼み込んで、一方的に信頼を深める姿は容易に想像がつく。もちろん、激昂する鳴海沢の姿も。

できれば来てほしい。

南は祈るような気持ちで目をこらす。しかし、約束の時間を過ぎても、どちらも姿を見せなかった。

「計画失敗ですね」

ふわふわ揺れるイヌのしっぽを見ながら南は肩を落とす。

「鳴海沢さん、巡回してないかな」

「今から頼む気ですか!?」

思案する五十嵐に南がぎょっとした。

「さきにお店へ行ってもう一度話してみましょう！　鳴海沢さんは奥の手で――あ！」

イヌから視線をはずして訴えた南は、五十嵐の視線を追って声をあげた。

ゴールデンレトリバーが歩道を歩いてくる。今、校庭を見ているイヌと寸分も違《たが》わぬ豊かなしっぽを揺らし、軽快な足取りで近づいてくる。湿度が高いにもかかわらず黄金色の毛はさらさらだ。赤い首輪に赤いリード、そのリードを握るのは、二日前に会った〝ペットハウスさくら〟の従業員、山本だった。

彼がゴールデンレトリバーを引き取って面倒を見てくれていたのだ。

南たちを警戒したのも、大切な犬を守るためだったに違いない。

「き、来てくれてありがとうございます」

南が頭を下げると、山本は皮肉っぽく口元を歪めた。

「それで、どこにいるんだよ。もとの飼い主ってのは？」

約束の時間を十分過ぎても喜田少年は現れなかった。保健所に持っていった犬が今も生きている――それを知って、満足してしまったのかもしれない。

「すみません。来てくれると思ったんですけど……」

謝罪した南は、イヌが校庭から視線をはずし、ゴールデンレトリバーと山本を交互に見ていることに気がついた。山本は南と五十嵐を見ているが、ゴールデンレトリバーは見えないはずのイヌに顔を向けてしっぽを大きくふっている。

「……もしかして見えてる……?」

「気配がするんだと思う」

驚く南に五十嵐が答える。ゴールデンレトリバーが「わふっ」と一つ大きく鳴くと、山本がびっくりしたように視線を落とした。

「珍しいな。こいつあんまり吼えないのに……どうした? なにかあるのか?」

不思議そうに首をかしげながら山本がしゃがみ込む。犬と同じ視線になって、犬が見ているものを見ようとする。大切に大切に育てているのが伝わってくるような、そんな仕草だ。意図せず山本とイヌの視線が合う。見えるはずがないのに、それでも彼は愛犬のために目をこらす。

つぶらな瞳で山本を見ていたイヌの姿が、ふいにゆらいだ。

《よかった》

イヌの姿がどんどん空気に溶けて広がっていく。その後に現れたのは、淡いブルーの服を着て黒髪を一つに束ねた女だった。小柄な女性だ。細く華奢《きやしや》で、痩けた頬《こ》が痛々しい姿だった。

《山本さんが面倒を見てくれてるなら安心ね。マロン、よかったねえ》
震える声で訴える女――駒坂は、膝をついた姿勢でゴールデンレトリバーに視線を合わせたあと、山本へと顔を向けた。
《ごめんなさい、山本さん。これからもマロンのことをお願いできますか》
声がかすかに震えていた。
《わたし、この子のことがずっと気になってたんです。体調崩して病院に行ったらそこで倒れちゃって、退院できなくて……わたし、そのまま死んじゃったんですよね？　悔しいなあ。もうちょっと生きていたかったんだけどなあ》
気丈に笑っていても、目尻に涙がたまっていた。
《連絡しなくて、山本さんもきっと怒ってますよね》
「あの！」
南はたまらず声をかけた。
「山本さんと、駒坂さんのご関係は!?」
大型犬を飼うにはそれなりに覚悟がいる。寿命も長いし、餌代《えさ》だってかかる。推奨されるような毎日合計二時間の散歩なんて、フルタイムで働いていれば時間をやりくりしてなんとか確保しているような状態だろう。怪我《けが》だってするし、人と同じように病気だっててする。いくら犬好きでも、気軽に引き受けるはずがない。

南の率直な問いに山本はわずかにひるんだ。ひるんでから、溜息が返ってきた。

「ご関係もなにも、ふられたんだよ。付き合ってほしいって告白したら無断欠勤して、一週間後に退職した。五年前だ。……マロンを店で預かってたから、もう一回会って話せるかもって期待してたんだけどな」

結局、駒坂が戻ってくることはなく、最近になってやっと新しいドッグトレーナーを雇ったらしい。

「――連絡は?」

「電話は繋がらなくて、直接会いに行ったら留守で、気づいたら引っ越してた。退職だって、駒坂の母親が〝一身上の都合で〟って連絡してきて直接話も聞けなかった」

話せなかったのだ。その頃彼女は病院にいたから。

けれど山本はそれを知らない。彼女も彼の負担にならないよう、家族に黙っているよう頼んだのだろう。

「俺が悪かったんだ。無神経だった。だからせめて、マロンだけは大事にしてやらなきゃって思って引き取った」

きっと二人は想い合っていて、だけどそれを伝える前に彼女が倒れて。

南はとっさに振り返り、駒坂を見た。彼女はぽろぽろ泣きながら、首をゆっくり横にふった。真実は伝えなくていい。苦い思い出として残っても、過去の記憶に引きずられるようなことにはなってほしくない——そう言っているような気がして、南は唇を噛んだ。

けれど、本当にそれでいいのか。

すれ違ったまま、誤解されたままでいいのか。

「駒坂さんは——」

「いつか、どこかで会えるかもしれませんね」

南の言葉を遮《さえぎ》るように、五十嵐がぽつんと告げる。

「犬の飼い主同士は繋がるし、散歩仲間もたくさんできる。その中に、駒坂さんがいるかもしれませんね」

五十嵐の言葉に、山本は驚いたように目を瞬いた。

「そうだな。そんときは、黙っていなくなりやがってって愚痴《ぐち》ってやるよ。俺は結婚まで考えてたんだぞって」

無理に笑って立ち上がる。マロンが見ているのは複雑な表情で笑う駒坂だが、それに気づかない山本は校庭を見て目を細めた。

「ここな、マロンの散歩コースだったんだ。しつけ教室に通ってるときによく通ったって聞いてる。父親がリードを持って、息子がくっついてきてたって。校庭で遊びたがってたみたいだけど、父親が許してくれないってふて腐れてたなあ」

両親が可愛がる犬を邪険にした喜田少年――犬のために遊ぶ時間まで制限され、幼い彼が不満を募らせた背景はわからないでもない。小学生の低学年なら、両親に甘えたいし、友だちとも遊びたかっただろう。

もっとも、嘘までついて保健所に持っていったことを考えると山本が怒るのも当然ではあるのだが。

皆で小学校の校庭を見ていると、背後で小さく金属がこすれるような音がした。

振り返ると、自転車にまたがったまま凍り付く喜田少年がいた。

「あ……」

どう反応していいかわからない、そんな顔で南たちを見て、ゆっくりと視線を落とす。

困惑の表情に交じっていたのは安堵だった。

「なんだ、ホントに生きてるじゃん」

拍子抜けした声でつぶやいて自転車を降り、スタンドを立てる。少年が誰であるか気づいたのだろう。山本の眉が跳ね上がり、リードを持つ手にぐっと力がこもる。不快感を口にはしないが、こらえているのが表情からも伝わってくる。

マロンが遅れて振り向いた。

ゆったり揺れていたしっぽがぴたりと止まる。

「マロ……」

喜田少年が手を伸ばすと、マロンの唇がめくれ上がった。喉の奥から唸《うな》り声が漏れ、頭を低くするなり優しかった目に憤怒《ふんど》が宿った。

「は……え、なんだよ!?」

威嚇《いかく》するマロンに喜田少年は怖《お》じ気《け》づいて後ずさる。マロンの唸り声はますます激しくなり、とうとう吼えはじめた。

「うわ!!」

無条件に受け入れられると思っていたのだろう。喜田少年は悲鳴とともに尻餅《しりもち》をつき、立ち上がると自転車に飛び乗ってあっという間に見えなくなった。まさに、脱兎《だっと》のごとき逃げ足だった。

「でかした、マロン！　いい気味だ！」

山本はゲラゲラ笑いながら、マロンの顔をわしわしと撫でた。「犬はバカじゃないんだよ」と満面の笑みで鼻を鳴らす。マロンもどこか誇らしげに胸を張り、すぐに駒坂へと視線を戻した。

「さっきから同じところばかり気にしてるな。なにかあるのか？」

また座り込んで犬の視線で尋ねる。

「――なあマロン、お前に見えるものが、俺にも見えたらいいのにな」

なにかを感じているのかもしれない。悔しそうにつぶやく山本に、南はそう思った。

そこには彼が想い続けた女性《ひと》がいて、両手で顔をおおって泣いていた。

結婚まで考えていた――その告白に、肩を震わせ泣いていた。

返事をすることができていたら、きっと二人は付き合っていただろう。

もっとつらい別れが待っていても、互いに支え合って思い出を残せたのではないか。

けれど実際には別々の道を歩き、互いに悔いだけを残してしまった。

《山本さん、幸せになってください》

ゴシゴシと両手で顔をこすり、泣き濡れた顔に笑みを浮かべて駒坂が呼びかける。

《マロン、山本さんをよろしくね》

「わふっ」

答えるようにマロンが鳴くと、駒坂が笑いながら涙をこぼした。

保健所から引き取った犬が心残りだった人――けれど、彼女の未練は、彼女が想いを寄せた男にもあったのだろう。

ふんわりと柔らかな光に包まれ、駒坂の姿が消えていく。

これでようやく彼女は異界に戻ることができる。彼女に触れて意識を失った子どもたちも目を覚ますだろう。

ほっと胸を撫で下ろしていると、消えゆく駒坂が南たちに向き直った。

《あなた、〝あっち〟のにおいがするわ》

声がブレる。

不可解な言葉を残し、犬だった女は消えた。

《気をつけて》

と。

第二章　カテゴリーII

1

真っ暗だった。

カーテンを閉め切って電気を消した夜よりも、もっともっと暗かった。

目をこらしても自分の手さえ見えない。両手を合わせ、やっとそこに手があるんだとわかるとほっとした。

「何日たったんだろう」

ここに迷い込んで、すごく時間がたっている。そのあいだ、たくさん歩き回って喉《のど》が痛くなるほど両親を呼び、目が腫《は》れるのもかまわずたくさん泣いた。

それでもなにも変わらなかった。

捜しに来てくれる人どころか、物音一つしない。

ここには誰もいない。

そう思うと、目が溶けても不思議ではないほど泣いたのに、まぶたが熱くなった。

慌てて涙をぬぐい、指を折る。

「ケーキを食べて」

九歳の誕生日にホールケーキを買ってもらった。イチゴがたくさんのった、ケーキ屋さんで一番高いケーキだった。生クリームがおいしいと評判で、特別なときにしか買ってもらえない特別なケーキだった。

欲張って半分も食べたから罰《ばち》があたったのかもしれない。

それとも、お母さんとの約束を破って夕暮れまで遊んでいたから、神様が怒ったのだろうか。〝門限〟を十分も過ぎて、お母さんもすごく怒っていた。

だから風邪をひいて、三日も寝込んで、気がついたらこんな場所に迷い込んでしまったに違いない。

悪い子だったから、罰があたったんだ。

迷信だと友だちはきっと笑うけれど、確かに今、自分は罰《ばつ》を受けているのだ。そう思ったら、大粒の涙がこぼれ落ちた。涙をぬぐう手も幻ではないのか。自分はとっくに夜の中に溶けて消えてしまったのではないかと悲しくなって、ますます涙がこぼれた。

「いい子にするからここから出して！　お家《うち》に帰して！」

わんわん泣きながら必死で訴える。でも、声は暗闇《くらやみ》に吸い込まれ、どこにも届かない。

自分のすべてが消えてなくなるまで、ここから出られないいんだ。お父さんともお母さんとも、お友だちとも会えないいんだ。そう思うと涙が止まらなくなった。

「お父さん、お母さん！　助けて……!!」

手も足も闇に溶け、体だって形がなくなって、泣いているのは目玉だけ。そんな恐ろしい想像に震え上がり、逃げ出そうと走り出す。

「ここから出して！　お家に帰して！　お父さん、お母さん！　誰か……助けて!!」

誰でもいい。ここから救い出してくれさえすれば。家に帰してくれさえすれば。独りぼっちで夜に取り残されるなんて耐《た》えられない。

がむしゃらに走っていたら足がもつれた。

「あ……っ」

転んだと思ったら、頭の中がぐるんと一回転したような感じがあった。

上も下もない世界だから、転ぶことさえできなかったようだ。

「もう、やだ！　こんなのやだ!!」

両手を振り回して叫んだ刹那《せつな》、指先になにかが触れた。そんな感触が、ここに迷い込んではじめてあった。

「!!」

反射的に指先に力を入れる。

指が触れている場所から光が現れ、目の前が一瞬で白く染まった。とっさに目を閉じ、恐る恐る目を開ける。

「え……？」

夜しかない世界が一転、光で満たされていた。

赤、青、黄、緑、紫、橙《だいだい》、金や銀。名前もわからない色たち――白い光のその向こう、さまざまな色があふれている。ざわめきが色の奥から響いてくる。

話し声だ。

光の中に人がいる。やっとここから抜け出せる。家に帰ることができる。

喜びに大きく足を踏み出し、無我夢中で駆け出した。

ざわめきが大きくなり、白く霞《かす》んでいた視界に人影らしきものが映り込む。それを見るとほっとして、次《つ》いで胸がドキドキしはじめた。

もう少しで人のいる場所にたどり着く。そう思った。

その直後、おかしなことに気づいた。

人だと思っていたモノは、人の形をしていなかったのだ。

ぐねぐねと歪《ゆが》む影のようなモノが揺れ、人と変わらないほど大きな猫が直立して歩いている。かと思えば、手のひらにのるほど小さな人もいる。傘はぴょんぴょんと跳び回り、花は歌い、服が颯爽《さっそう》と歩き回る。オモチャの蛇《へび》も生きているように自由自在に動いている。

遠くでラッパとピアノが共演していた。赤い布と青い布が空中でダンスを踊り、巨大な水の玉が人のようなものを呑《の》み込んで遠ざかっていく。

「……なに、あれ」

おかしなものがたくさんいる。異常だと、頭ではわかっている。

けれど、闇の中で独りぼっちでいるよりずっといい。

だから躊躇《ためら》いつつも足を踏み出した。

《だめだよ》

雑多な中にまぎれようとした手を、誰かにぐっとつかまれた。

慌てて隣を見ると、自分より少し上――小学校の高学年くらいの男の子が立っていた。

《そっちに行っちゃだめだよ、南《みなみ》ちゃん》

知らない声。きっと、はじめて会った子だ。それなのに、彼は少女の名前を呼んだ。

「お兄ちゃん、だあれ?」

尋ねてから、びくりと肩を揺らした。光の中にいるモノたちが普通とは違うように、目の前にいる少年も普通とは違った。白いシャツから伸びた両腕、長い足、ピカピカのスニーカー、そこまではどこにでもいる男の子なのに、顔だけがぼんやりと黒く霞んで見えなくなっていたのだ。

声だってざらついて、おじいちゃんみたいにしぼんでいる。
怖くなってとっさに手を振り払おうとした。でも強くつかまれ、うまくいかない。
《ぼくの――を、あげるから》
怯《おび》える南に少年は微笑《ほほえ》む。顔が見えないのに、不思議なことに笑っているのは雰囲気から伝わってきた。
《間に合ってよかった》
安堵《あんど》の声が続けて聞こえた瞬間、世界が再び闇に呑まれた。

2

ピピピピ……ピピピピ……ピピピピ……

鳥のさえずりに交じって聞こえてくる無粋な電子音。

「う……うう……っ」

南は布団から手を伸ばし、スマホをつかむ。うつ伏せのまま布団に沈むと、再び無粋な電子音が繰り返され、ようやく顔を上げた。

カーテンからこぼれた光を頼りに室内を見回す。簡素な壁と天井、なんの変哲もないフローリング、その上に敷かれた布団に南は横になっている。

闇の中ではない。

スマホだってちゃんと触ることができる。

「……変な夢」

南は溜息をついてから起き上がった。

あの夢は、子どもの頃に何度か見たものだ。風邪をこじらせ肺炎《はいえん》になって、半年ほど生死をさまよった、そのときに見ていた夢。奇跡の生還を果たしたあともときおり見て、幼い南を怖がらせたもの。

そんなときは、きまって枕を持参して両親の寝室に駆け込んだ。

中学生になると夢を見る頻度はぐっと下がり、高校生ではほとんど見なくなった。大学生になってからは一度もなかったから、まさか社会人になった今になって見るなんて思ってもみなかった。

「……なんか、あの夢に出てきたのって……」

のろのろとカーテンを開け、道路を挟んだ向かいのアパートを見る。二階の角部屋のベランダでは、いつも通り黒いもやがふわふわと居座っていた。

「アレっぽかった気が……いやいや、夢に出てきたのが住人だったら、私、子どもの頃から知ってることになるでしょ。呪いの眼鏡をかけたわけでもないのに」

とっさに打ち消す。夢に出てきたのは、子どもの頃に見たアニメだか漫画だかに影響されたものに違いない。

そこではっとした。

「普通は眼鏡かけてるときだけ住人が見えるのに、年中無休で見えるようになっちゃったんだから、これって労災にならない？」

コンクリートの壁を黒いもやがぞわぞわと動いていく。ぴたりと止まって辺りを見回す仕草をしたので、南はとっさに窓から離れた。

カテゴリーⅠ《ワン》は安全な観察対象。うっかり手を出して綴化《てっか》すると被害が大きくなるので静観が基本。そもそも、プライベートで異界という〝未知〟とはかかわらないことに決めている。

スマホでニュース動画を流しながら、南は洗面台に立った。

『よもやま小学校の生徒に後遺症は見られず、昨日、全員無事に退院しました。警察は引き続き調査を続け……』

顔を洗ってタオルをつかみ、南はほっと息をつく。

「イヌさんがあっちに帰ってくれて、本当によかった」

異界の住人は、人にとっては未知のウイルスのようなもの。個々で影響の出方も変われば影響の範囲も変わる。そしてその多くは触れることで人と混じり、意図せず人に害をなしてしまう。

「ウイルスがなくなれば感染者も元気になる、か。住人をウイルスにたとえると、原理はわかりやすいのよね」

跳ねた髪を水で濡《ぬ》らして引っぱりつつ南は納得する。目に見えないという点でも、本当にウイルスのようだ。案外、自分が気づかなかっただけで、周りでは住人による被害が出ていたのかもしれない。

「イヌさんが変なこと言ったから、変な夢でも見ちゃったのかな」

あっちのにおいがするだなんて意味深《しん》な言葉を残して消えたから、心のどこかに引っかかって夢を見たのかもしれない。

息をついて視線を上げた瞬間、「ぎゃっ」と声が漏れた。

右手首にくっきりと赤い痣《あざ》があったのだ。

「手の痕《あと》!?　ここって、あの子がつかんだところじゃ……」

小さな手の痕にぞわぞわと鳥肌が立ち、慌てて水で流す。だが、痣に変化はない。あれは夢の中のできごとで現実ではない。なのに、痣だけが消えない。

「い、五十嵐《いがらし》さんに相談しよう」

押し入れからチョークストライプのシャツと白のタイトスカートを引っぱり出して大急ぎで着替え、カバンをつかむとスマホとハンカチを突っ込み二〇三号室を飛び出した。今の時間ならすでに一〇二号室で山子《やまね》とともに朝食の支度をしているだろう。南は鉄製の階段をけたたましく下りていく。

そのまま一〇二号室に直行したいところだが、一〇一号室のドアを叩いた。

「根室《ねむろ》さん、起きてますか？　朝です！　ごはんの時間ですよ！」

呼び鈴連打にノックの連打。これでも反応しないのが根室涼太郎《りょうたろう》という男である。しかも、在宅中は基本的に無施錠《せじょう》だ。警備会社に勤めているのに防犯意識がすこぶる低い。

「開けますよー。わあ、今朝も朝から絶好調に病的ですね」

声をかけてドアを開けると、年中無休の甚兵衛《じんべえ》姿《すがた》で、根室が壁いっぱいにかけられたモニターを凝視していた。

モニターは、相も変わらず人々の日常がリアルタイムで映し出されている。

いつ寝ているのか不明な彼だが、なにに興味を引かれているのかも謎すぎる。正直、商店街の裏道や一般家庭の台所など、見ていてなにが面白いのかさっぱりわからない。

「俺のライフワークは崇高すぎて一般人には理解できないいんだよ」

「理解してくれる人が現れるといいですね。ごはんなんで、鳳《おおとり》さんに怒られる前に食べに来てください」

振り返って笑う彼は相変わらずイケメンなのに、言っていることがズレすぎてまったく魅力的に感じないのがすごい。南はそっとドアを閉じ、一〇二号室へと急いだ。

「おはようございます。鳳さん、今、根室さんにも声かけてきました」

ドアを開けた南の鼻腔《びこう》をくすぐったのは焼きたてのパンの香りだ。

「おはよう、南ちゃん。そろそろ私のことは山子って呼んでくれていいのよ?」

なんとかして名前を呼ばせたいらしく、山子はときどきこうして要求してくる。長い足を強調するようなパンツルックにサマーセーターという出で立ちで、手に持っているのはサラダボウル。まるで、愛する夫の体を気遣う新妻《にいづま》さんだ。

「鳳さん、そういう強要はパワハラです」

ちょっとひるんでいると五十嵐がこっそり意見してきた。

「なによ。細かいこと言ってるとハゲるわよ」

「セクハラです」

「男はハゲてからが本番じゃないの——!!」

山子は謎の主張をしながらサラダボウルをテーブルに置いた。好みは人それぞれと考え、南は視線をキッチンにいる五十嵐へと向ける。

「おはようございます、五十嵐さ……」

言葉が途切れた。

視線が吸い寄せられたのは、五十嵐が手にする皿である。正確に言えば、白く美しい皿の上にのった、玉子をこれでもかと挟み込んだボリュームたっぷりな玉子サンドである。上にちょっとだけ散らされた粗挽《あらび》き胡椒《こしょう》が玄人感《くろうとかん》満載で凶悪だ。

卵を愛する五十嵐が作る卵料理に妥協《だきょう》はない。

絶対おいしい。間違いない。

朝から豪華すぎて、反射的に、くうっとお腹《なか》が鳴った。

玉子サンドを凝視する南に、五十嵐は深く深くうなずいた。

「今日の卵は倉橋《くらはし》さんちの特Aランク、産みたて新鮮たまご。ストレスフリーを目指して朝の八時から夕方五時までクラシックを聴かせ、国産トウモロコシ、大麦、米ぬかを中心に自家製の野菜を配合した飼料《しりょう》を……」

よくぞ気づいた、という顔をして、五十嵐が呪文を唱えはじめた。

「五十嵐、五十嵐！　南ちゃんドン引きしてるから変な解説やめなさい！」

サラダボウルからサラダを取り分けながら山子が五十嵐を止める。

「湧き水を汲《く》んで与えるほどの徹底ぶり！」

これだけは伝えなければと五十嵐は熱く付け足す。熱意は素晴らしいと思うが、労力がつり合っているのかよくわからない。

「す、すごいですね」

当たり障《さわ》りなく感想を述べた南は、すぐにわれに返った。

「それより、相談したいことが――」

ふっと五十嵐が南に向き直る。たまたま死角だった右肩が、そのときようやく南の視界に入ってきた。

肩に手がのっている。

大きくてゴツゴツとした、これといって特徴のない男の手だ。

あれ、と、南は口をつぐんだ。

一〇二号室に来るのは基本的に四人だ。料理を作ってくれている山子とサポートを買って出ている五十嵐、ご相伴《しょうばん》にあずかっている南と根室である。

しかし、ここに根室はいない。ゆえに手の主《ぬし》は根室ではない。

否《いな》。そんな問題ではない。断じて違う。

なぜなら五十嵐の肩にのっている手は〝手単体〟で、腕や体といった人体を構成するはずのパーツが何一つなかったのだから。

「い、い、いいい、五十嵐さん、それ誰の手ですか――!?」

「それ？」

南に指さされ、五十嵐はきょろきょろと辺りを見回した。

「右肩にのってる手です！」

五十嵐は肩に視線を落としてぎょっと目を見開いた。とっさに払うもすかすかとすり抜け、つかもうとしても失敗する。

何度か同じことを繰り返してからようやく南へと向き直った。

「いつから？」

「私が訊《き》きたいですっ」

神妙な顔で問いかけてくる五十嵐に思わず額《ひたい》を押さえる。

「昨日の晩酌《ばんしゃく》のときはありませんでしたよね？　それ、手だけですけど住人ですよね？」

住人は執着したものに転化する。

しかし、右手だけとは。

「どうしてそんなものが五十嵐さんの肩にのってるんですか」

南の問いに五十嵐は首をかしげた。ふわりと揺れる前髪の奥、いつも隠されている右目がかすかに覗《のぞ》く。さまざまな光を弾く虹彩を持つ目は、住人を見ることができる特別仕様——けれど、そんな彼ですら、おのれの変化に気づけないでいたのだ。

なにかが起こっている。

無意識に手首に残った痣を押さえながら、南は身震いした。

3

「住人は場所やものに執着することが多いから、人にくっつくっていうのは、僕もあまり聞いたことがないねえ」

出社すると、部長がぽっちゃり太鼓腹《たいこばら》を揺らしながら盛大に首をひねった。

「とりあえず見てください!!」

血相を変えて訴えた南は、部長の脇をすり抜け奥へ進むとモニタールームに入り、ちょっとひるんだ。主人がいなくても五十台あるモニターの電源は入りっぱなしで、絶えずどこかを映している。部屋が暗いせいでその様子がよりいっそう不気味に見えた。

南はテーブルに駆け寄ると呪いの黒縁眼鏡をつかみ、即座に踵《きびす》を返してモニタールームを出た。

「部長、かけてください！　呪いの眼鏡！」

「そう言われるとかけづらいねえ」

部長は渋々と受け取り、眼鏡をかけて五十嵐に向き直った。ふむっとうなずき、一歩だけ五十嵐に近づく。

うーんとうなって一歩下がり、体全体を傾けて当惑気味に立ち尽くす五十嵐の周りをぐるっと一回りする。

「これはどう見ても右手だねえ。カテゴリーⅡ《ツー》かな。五十嵐くん、心当たりは？」

「ありません」

部長の質問に五十嵐は当惑顔のまま答える。

「悪意があるようには見えないし、ただついてるだけじゃないかな」

「カテゴリーⅢ《スリー》じゃないいんですか？　このヒトきっと手にすごく執着があって、綴化して手そのものになっちゃったんじゃないいんですか!?」

なんらかの形を取ればカテゴリーⅡに分類され、人に害をなすとカテゴリーⅢとなる。今この時点で被害は五十嵐だけとはいえ、人に憑《つ》いている時点で〝異常事態〟だ。看過《かんか》できるはずがない。

のんびりとした部長の態度から、「とりあえず経過観察」という判断がされそうで南は慌てていた。被害が起きたら五十嵐が倒れてしまう。南はまだ入社して三カ月少々——とても一人で解決できるとは思えない。

早急な対応が必要なのだ。

「落ち着きなさい、早乙女《さおとめ》さん。綴化してるなら五十嵐くんが無事なわけないでしょう」

「今はまだ被害がないだけかもしれないです！」

「そのうち消えるんじゃないかなあ」

「消えなくて、五十嵐さんになにかあったらどうするんですか——!!」

「大丈夫、大丈夫。早乙女さん、三カ月も遺失物係にいるんだし、もうベテランだよ」

遺失物係の新人は、早ければその日のうちに異動願いを出してしまう。それを考えたら三カ月在籍していることは快挙だ。長く続いているのは間違いない。

しかし、断じてベテランなどではない。

涙目になる南を見て、部長は困り顔で五十嵐に尋ねた。

「カテゴリーⅡ、だよね？」

「だと思います」

うなずきながら右手を払い落とそうとするが、やっぱり落ちない。「じゃあ私が」と手を伸ばすと、「早乙女さんは触らないほうがいいよ」と部長にやんわり止められた。

「部長もやっぱりカテゴリーⅢだと思ってるんじゃないんですか？」

「近いけどギリギリカテゴリーⅡだよ。たぶん。おそらく。なんとなく」

そんなやりとりをしていたら山子が出社してきた。更衣室で着替えをすませたらしい彼女は、今日もごく一般的な事務服をモデルみたいに完璧に着こなしている。さらに彼女の後ろから、遅れて根室がのそのそとやってきた。無地のシャツにパンツという出で立ちで、だらしないはずなのに見てくれがいいせいで格好良く見えるのが納得いかない。

「根室さん、見てください！」

部長から眼鏡を奪い、南は怪訝《けげん》な顔をする根室に差し出した。

「なんだよ朝っぱらから」

「いいから眼鏡を！」

南は背伸びをすると、不機嫌に眉をひそめる根室に無理やり眼鏡をかけさせる。

「五十嵐さんの右肩です」

「右肩って……うお!?　なんだよ、五十嵐その気持ち悪い手は！　金輪際《こんりんざい》二度と俺に近づくな！」

怒鳴って一目散にモニタールームに消えてしまった。

「根室さん!?　待ってください！　いっしょに解決策を考えてください！」

慌ててモニタールームのドアノブをひねるがびくともしない。施錠したらしい。モニター越しとはいえ多くの住人を見てきたのだから手を貸してくれるかと思いきや、そんな優しさは一ミリも持ち合わせていなかったようだ。

「は、薄情者！」

「あいつは根っからのクズだから、助けてもらおうとか甘い考えよ」

青くなってドアを乱打する南の肩を、ヒールを鳴らしながら近づいてきた山子がポンと叩いた。

「ちょっとくらい相談にのってくれたっていいじゃないですか」

「——本人はいたって平気そうだけど」

山子が手持《て も》ち無沙汰《ぶ さ た》で立ち尽くす五十嵐を振り返る。確かに平気そうだ。

「でも、放置しておいたらカテゴリーⅢになる可能性だってあるんですよね？」

「ないとは言い切れないけど……部長、どう思います？」

「人にくっついてるのは前例がないからなんとも言えないねえ。まあ、早乙女さんが言うように緩化の可能性を考えれば調べるべきだろう」

「カテゴリーⅡは監視対象です」

驚いて言い返したのは五十嵐だ。憑かれている本人なのに、自分だけ特別扱いされていいのかと戸惑っているらしい。

「はじめてってことは、次があるかもしれないってことだからね。今は幸い緊急の事案もないし、情報の積み重ねは僕としてもありがたい」

寛容にうなずく部長に、南はほっと胸を撫《な》で下ろした。

上司公認で動けるなら助かる。

「五十嵐さん、席に座ってもらっていいですか」

南はテキパキと指示を出し、椅子《いす》に座った五十嵐をまじまじと観察する。目立った傷や特徴となるものがない男の人の右手だ。手の甲には血管が浮き、毛まで生えている。南はぐるりと五十嵐の後ろに回って「ひっ」と体をのけぞらせた。

血管どころか、腕の切断面からは骨や筋肉が見えているのだ。あまりにも緻密《ちみつ》で気持ちが悪い。

「え、なになに？」

南の反応に、山子が近づいてくるなり「わーっ」と声をあげた。

「なにこれ、血管が脈打ってる！　生きてるみたい！」

指摘する声に肌が粟《あわ》立った。気持ち悪すぎる。どうして異界の住人は変なところにこだわりが強いのだろう。人体の再現は以前に一度目にしたが、そのときも強烈すぎて気持ち悪くなってしまった。

「鳳さんは平気なんですか？」

青くなって南が尋ねると山子が目を瞬《またた》いた。

「山に登ってると怪我《けが》ってつきものなのよね。ほら、濡れた靴下穿《は》いて靴擦れで皮膚《ひふ》がずる剝《む》けになったり、落石に巻き込まれて流血したり、滑落《かつらく》で開放骨折《こっせつ》したり」

「いやぁぁぁぁ」

登山のイメージは、万全の態勢で臨むプロによる冬山登山だ。もしくは、中高年の趣味のハイキング。山頂で笑顔の自撮り写真は鉄板で、和気あいあいとした光景しか思い浮かばない。しかし現実は南が思うよりハードであるらしい。

「高山病《こうざんびょう》とか凍傷とか、ルート外れて遭難とか、意外と危険がいっぱいなのよね」

けろりとそんな言葉が付け足される。

「それにしてもよくできてるわね、この手。五十嵐くん、触られてるのわかる？」

「わかりません」

山子の問いに五十嵐はちょっと首をかしげた。

「重い？」

「いいえ」

払っても落ちない、つかめない、触られている感覚もない、重さもない、意識障害も起こらない。確かにこの状況なら部長が言うようにカテゴリーⅡの部類だ。まるで生きているかのような精緻《せいち》な造形だけがカテゴリーⅢに該当《がいとう》している。

「……服にくっついているだけとか」

できればそうであってほしい。服についているなら着替えるだけですむのだから。

顎《あご》に手をやった山子が「なるほど」とつぶやいて口元を歪めた。五十嵐は逆に口元を引きつらせ、椅子から立ち上がった。

「どうしたんですか？　って、え、五十嵐さん!?」

きょとんとする南の背に、五十嵐が素早く隠れた。怯える五十嵐に戸惑っていると、山子が手をワキワキさせながら近づいてきた。

「やめましょう、鳳さん」

「遠慮しないで、五十嵐くん。男の子なんだから観念なさい」

にじり寄る山子に恐怖した五十嵐が、南の両肩をつかんでくっついてきた。

近い。熱を感じてどぎまぎする南は、背後から肩をつかんできた五十嵐といっしょにじりじり後ずさることになった。

「セクハラです」

訴える五十嵐の声が首筋にかかって思わず肩をすくめる。

「恥ずかしがることないじゃない」

「パワハラです」

「いいからこっちに来なさい」

山子が手を伸ばし、南越しに五十嵐の腕をつかむ。先輩二人に挟まれ、南はパニックになる。あまりにも近い。朝っぱらからスキンシップが激しすぎる。

南はぶわっと赤くなる。もうこれ以上はじっとしていられず、さっと身をかがめ、長身な二人のあいだから素早く抜け出した。

「おお、なかなかの運動神経」

静観を決め込んだらしい部長が、椅子に腰かけパソコンの電源を入れながらパチパチと手を叩いている。止めてくれてもいいのに、完全に面白がっている。

真っ赤になって口を開いた南は、山子が五十嵐の服を剝いているのに気づいてとっさに口を閉じた。

はらりと上着が床に落ち、シャツのボタンがいくつかはずされる。抵抗する五十嵐がバランスを崩し、尻餅《しりもち》をついた。つられて体勢を崩した山子を反射的に支えると、ここぞとばかりに山子が五十嵐のシャツを剝《は》いだ。

「わ……っ」

南は思わず両手で顔をおおった。が、指のあいだからしっかり見てしまった。

――五十嵐が鍛えているのは知っている。早朝はランニングをしているのも、ジムに通っているのも知っている。何度か助けられ、筋肉質だということにも気づいていた。

しかしまさか、細身にもかかわらず腹筋が割れている人だったとは。

ボディービルダーみたいにムキムキではないけれど、細い体に適度な筋肉がつき、しなやかでモデルみたいな体型なのだ。たとえるなら着衣モデルだ。軽く羽織ったシャツから胸板や腹筋をチラ見せするさわやか系なエロチシズムだ。

「ふぁあぁぁぁあぁ!!」

変な悲鳴が出てしまった。

「あら、服にくっついてるわけじゃないのね。残念」

山子の声にはっとわれに返る。「上腕《じょうわん》二頭筋も素敵!」なんて密かに心躍《おど》らせた南は、すぐに五十嵐の肩に直接右手がのっているのに気づいた。

住人が五十嵐自身に執着しているのが確定した。

山子が溜息とともに五十嵐の上からどくと、彼は慌ててシャツをかき合わせる。恥じらいで耳まで真っ赤だが、山子は意に介さず「困ったわねえ」と思案げに仁王《におう》立ちだ。

もしかして、と、南はちょっと疑念を抱く。

「五十嵐さんと鳳さんって……」

会社では「五十嵐くん」と呼んでいる山子は、プライベートだと「五十嵐」と呼び捨てにする。料理のときはいつもいっしょだし、人と話すことが苦手な五十嵐だが相手が山子なら会話だって弾むし、なにより二人は仲が良さそうだし。

——付き合っているのだろうか。

なんとなく頼りない印象がある五十嵐と、しっかり者で料理上手な山子なら、きっとお似合いのカップルだろう。

そう思ったら、胸の奥がモヤモヤした。

——別に、好きというわけではないはずなのに。

ちょっとだけ、いいな、と思っていただけだったのに。

モヤモヤとしながらも、服を整える五十嵐からそっと視線をはずす。

「部長、こういう場合って五十嵐くんと関係のある人って認識でいいんですよね？」

山子の問いに南は慌てて雑念を振り払う。二人のことは気になるが、今は謎の右手に集中しなければならない。

「そうだねえ。五十嵐くん、お友だちは？」

「いません」

五十嵐が即答すると、室内がシンと静まりかえった。

ようやく日常に慣れてはきたがまだ遊びに行くほどゆとりのない南は、ＳＮＳやメール、電話で友人たちと連絡を取り合っている。それに対し、先輩である五十嵐は生活にゆとりがあるはずだ。休日には友人と遊びに行ったり、平日の夜は飲みに行ったりして羽目をはずすのが普通――少なくとも、安定した収入を得たら南がやりたいことだった。

けれど五十嵐は、平日も土日も関係なく一〇二号室で山子といっしょに食事を作り、毎晩のように窓辺で晩酌をし、買い物など短時間の外出以外は在宅している気配がある。

真のボッチ。

禁句だった。友人の有無なんて、訊いてはいけない質問だった。

しかし、重い空気をものともせず五十嵐が言葉を続けた。

「あ、最近は朝いっしょに小豆《あずき》さん（仮）と走っていて」

「それは住人でしょう。住人を友人にカウントしちゃいけません。じゃあご家族で最近ご不幸があったとかは？」

ちょっとだけ空気が和《なご》んだついでに部長が質問を重ねる。

「両親は健在です」

「親戚は」

「健在です」

「……身の回りでご不幸は」

「ありません」

部長との問答に五十嵐はあっさり答えていく。いきなり行き詰まってしまい、部長が「うーん」とうなった。

「行動を書き出すのがいいかもしれないねえ。そこからいつもと違ったできごとを抜き出し、原因となる事象を特定していくのが手っ取り早いかも」

「そうですね」

五十嵐はパタパタと服を払ってから椅子に腰かけ、印刷ミスしたコピー用紙を取り出してペンを構えた。山子も椅子に腰かけ書類をまとめだしたので、南も五十嵐を気にしつつパソコンに電源を入れた。

だが、集中できない。不謹慎なことに、さっき見た半裸を思い出してしまったのだ。

仕事中にもかかわらず、ついつい五十嵐の様子をうかがってしまう。

「南ちゃんと二人で情報出し合ったほうがスムーズなんじゃない？」

ふいに山子がそんなことを言い出した。

「仕事中は早乙女さんといっしょですが、それ以外は別々で……」

「グダグダ言ってないで書き出しなさい、男の子でしょ！」

そこに男の子は関係ない――そもそも五十嵐は南の六つ上で二十八歳だ。〝男の子〟という枠組みからはだいぶ外れている。

しかし、山子の剣幕《けんまく》に圧された五十嵐は、素直にペンを握り直した。

「き、昨日、手はありませんでした」

南は慌ててフォローを入れる。昨日は日曜日で、会ったのは一〇二号室で食事をとるときと窓越しの晩酌のときだけだったが、いずれも五十嵐の右肩に手はのっていなかった。

「右手さんは私と別れたあと――夜十時から、朝食前にくっついたんだと思います」

「そのあいだ、五十嵐くんはなにしてたの？」

「……ふ、普通？」

日曜日の夜なんて、やれることは限られている。とくに五十嵐は比較的平坦な生活をしているのだから、戸惑うのも当然だろう。

「普通ってなによ、普通って。もっと具体的に説明しなさいよ！」

納得いかないらしい山子がぐいぐい要求している。

「……早乙女さんとの晩酌が終わってからお風呂に入って」

〝二十二時　入浴〟とメモする。

「それからベッドに入って」

〝二十二時三十分　就寝〟と追加される。びっくりするくらい健康的な生活だ。寝る前にスマホをいじる習慣はないらしい。

「起床して、マラソン」

〝五時三十分　起床　小豆さん（仮）とマラソン〟

〝六時五十分　帰宅、シャワー〟

〝七時　朝食の支度〟

〝七時五十分　出社〟

迷いなく書いていくところを見ると、予想通り毎日同じ生活の繰り返しに違いない。そう思うとちょっと親近感を抱いてしまう。

ひょいと腰を上げて五十嵐が書き出したメモを見て、山子が盛大に溜息をついた。

「朝のマラソンと会社以外の予定がないじゃない。つまんない生活してるわね」

「会社員ならこんなもんです」

「二十代なのに枯れた生活しすぎよ。三六五日こんな生活なんでしょ」

山子の指摘に反論できず、五十嵐は肩をすぼめた。本当に、この二人はどういう関係なのだろう。親しいのかと思えばそうでもない感じもして混乱する。

モヤモヤどころか悶々《もんもん》としてきた。

「五十嵐くん的にはどうなの？　取り立てて変わったことはなかった？」

キーボードを叩きながら部長が尋ねる。五十嵐は少し考えて首を横にふった。

「とくには」

いつも同じ行動を取っているなら、異常には気づきやすいだろう。だがもしかすると、あまりにもいつも通りすぎて見落としている可能性がないとも言えない。

「よく思い出してごらん。道端で行き倒れの右手を見つけたということは」

「いくらなんでも気づきます」

「そうだよねえ。右手落ちてたらびっくりしちゃうもんねえ。あ、じゃあ、右手のない人を見かけたとか」

「気づきます」

「だよねえ。なんで右手だけなんだろうね？」

部長が「ううーん」とうなり声をあげる。口がないのでどう頑張ってもしゃべらないし、五十嵐の肩にくっついている限り住人の行動から情報収集というのも難しい。イヌのときみたいに特徴からさぐるのも、〝男の右手〟だけでは範囲が広すぎて不可能だ。

難敵《なんてき》だ。

南がじっと考え込んでいると、山子がポンと手を打って立ち上がった。

「散らしてみましょう！」

五十嵐がよく使う手段である。しかし、少し嫌な予感がした。

「散らすって、叩くってことですよね？　散ったあと移動した場所から得られる情報はありますけど……」

「でしょ！　五十嵐くん、警棒貸して！」

「警棒で叩く気ですか!?」

ぱあっと目を輝かせて手を差し出す山子に南は焦った。警棒はシンプルな道具だ。そして、見た目以上に攻撃力が高い。

「任せて」

スイングする山子はやる気満々で、五十嵐はそんな山子になんの躊躇いもなく警棒を差し出した。

「だめです！」

南は慌てて警棒を取り上げ、ノートを丸めて山子に握らせる。

「これで十分です！」

「衝撃で散らすなら警棒じゃなくてもいいです。警棒は携帯用です」

断言する南にちょっと残念そうにしながらも、山子は五十嵐の背後に回った。

「右側ですからね、右側！」

「はーい」

山子は返事をしながら丸めたノートを振りかぶって、室内に響き渡るほどの威力で五十嵐の右肩を打った。

すさまじい音に南はとっさに顔をそむけ、五十嵐はうめきながら机に突っ伏した。音からも五十嵐の反応からも、手加減なしで殴打《おうだ》したのが伝わってくる。

そろりと目を開け、南は五十嵐の肩を確認する。

「消えませんね」

消えないどころか一ミリも変化がない。

「ま、まあ、のんびり観察しよう。うん。五十嵐くんに悪影響がないなら急ぐ必要はないわけだし――山ちゃん！　二発目は必要ないから！　二発目は!!」

「乱打なら効くかもしれません」

止める部長に山子が生き生きと返し、怯えた五十嵐が椅子から滑り落ちた。

「雰囲気出ないわ」

その日から、南の日課は五十嵐の肩にくっついた右手の観察になった。けれどその手は、いっこうに消える兆《きざ》しを見せなかったのである。


一日目は右手が不気味に見えた。

二日目はちょっと見慣れた。

三日目は、もしかしたら新作アクセサリーなのではないかと脳内変換することに努めた。

四日目に、やっぱりただごとではないと思い直した。

「……あれ？　初日って、鳳さん、眼鏡かけずに右手さんを見てませんでした？」

「やだ、南ちゃんったら！　そんなわけないでしょ！」

もう、寝ぼけちゃって。なんて言われて「そうだったかなあ」と、曖昧《あいまい》な記憶に首をかしげた。ともかく、五十嵐の右肩には右手が居座り続けていた。

「まったく変化がないっていうのも不気味ですね」

「……変化がないわけじゃない」

五日目の夕刻、つまり金曜日の夕方、五十嵐は県内で起こった事件をパソコンでまとめつつ、ぽつりとそんなことを言い出した。

「え？　なにか変わりました？」

毎日観察しているのだから気づかないはずがない。そう思って改めて眺め、「あっ」と声をあげた。

「も、もしかして、大きくなってます？」

はじめて見たときは普通サイズの手で五十嵐の肩に余裕でのっていたのに、今は一回りほど大きくなって肩からちょっとはみ出していた。しかも、指先に力がこもっているように見えるのだ。

「痛くないですか？」

「今のところ平気だけど」

「部長、五十嵐くんの肩の骨が砕けたら労災出ます？」

「出るかなあ。ちょっと難しいんじゃないかなあ」

露骨な山子の問いに、部長が首をひねる。

「初発症状は勤務時間外でした」

自己申告する五十嵐に、「だったら無理だね」と、部長が返す。

「そういう問題じゃありません！　大怪我前提になってるじゃないですか!!」

南は思わず叫んだ。住人に〝配慮〟というものはない。このまま力がこもり続けたら、本当に五十嵐の肩が砕けてしまう。次に右手が移動するのは、腕か、あるいは首か。想像したら、ぞぞっと背筋が冷たくなった。

「とはいえ早乙女さん、今回は意思の疎通まったくできない相手なわけだし」

「そ、そうなんですけど！　確かに部長がおっしゃる通りなんですけど！　でも、このまま見てるだけってわけにはいきません！」

「そうよねえ。そこで南ちゃん」

歯がゆく訴えていたら、山子がピッと人差し指を立てた。

「五十嵐くんの行動をリアルタイムでチェックするっていうのはどうかしら」

「リアルタイムですか？」

「本人が普通のつもりでも、第三者から見たら変なことってわりとあるわけだし」

「そ、そうですね」

右手が現れてから、南はずっと五十嵐をリアルタイムでチェックしてきた。それゆえ、改めて山子に提案されるとこれ以上どうしていいのかわからず戸惑ってしまう。

そんな南に、山子は満面の笑みで続けた。

「ってことで、休日もいっしょに行動するように！」

「はい、って、えええええええ!?」

バチンと派手にウインクされ、勢いでうなずいた南は直後に声を裏返らせた。

4

朝は苦手だ。

いつもなら一分一秒を惜しんで朝食ギリギリまで眠っている。

けれど、しばらくは早朝に起床しなければならない。

早朝――そう、朝の五時に。

「な、なんでこんな時間に目覚ましが鳴るの……!!」

疑問の答えは簡単だ。昨日の夜、五時半に起床してジョギングをはじめる五十嵐に合わせ、自分でアラームをセットしたせいだ。ううっと声をあげつつアラームを切り、肌寒さにもぞもぞと布団の中で体を動かし目を閉じる。再び襲ってきた睡魔にはっとわれに返って起き上がった。

カーテンを開けると音もなく雨が降っていた。

「うわぁ……」

梅雨《つゆ》に雨はつきものだ。雨量が少なく夏に節水を呼びかけるような事態になるくらいなら雨は大歓迎だ。が、しかし、やはり状況による。

ハンガーにかけてあるシャツとパンツを見たあとがっくりと肩を落とした。

「鳳さんにレインウエア借りておいてよかった」

やんでくれないかと期待したが、天気予報が的中して雨がやむ気配はなかった。

顔を洗って着替えをすませ、レインウエアに袖《そで》を通す。南にはちょっと大きめのレインウエアだが、何カ所かゴムで留めると動くのに支障がないくらい体に馴染《なじ》んだ。

「これならいけそう」

ほっとしていると、隣室からかすかに物音が聞こえてきた。どうやら五十嵐も起床したらしい。南は慌てて鏡の前に移動し、全身を映してくねくねと体をねじった。襟を立てたり倒したり、手ぐしで髪を整えたり、上半身をひねって全体を確認した。

「へ……変じゃないよね……？」

着慣れないからなんとなく落ち着かない。五十嵐のことだからちょっとくらいおかしくても見逃してくれるだろうが、女子としては少しくらいかわいいと思われたいわけで。

「な、なに考えてるの！　五十嵐さんの窮地《きゅうち》に!!」

浮かれる自分に狼狽《うろた》え、ぶんぶんと頭をふって邪念を振り払う。次いで乱れた髪にはっとしてブラシで入念にセットし直した。そわそわとスマホを確認し、待ち合わせ時間にな

ると スマホと鍵をつかんで部屋から出た。

「あ、おはようございます！」

ぴったり同じタイミングで五十嵐が部屋から出てきた。

「おはようございます」

ちょっと眠そうに返ってくる。

朝一番に、しかもこんなけだるげな五十嵐に会うのが新鮮で、雨の日の憂鬱《ゆううつ》な気分が吹き飛んだ。

鏡で何度も確認したから髪は跳ねていないはずだ。だけど、不格好だと思われないか。南はそうっと五十嵐の様子をうかがった。

シンプルな紺色のジャージの上下に同じ色のレインウエアを着て、ランニング用に使い込まれたスニーカーを履き、スマートなランニングポーチを身につけ——ものすごく慣れた人の格好をしていた。

これがプロ……っと、南はちょっとおののいた。手持ちの服でなんとか間に合わせ、レインウエアも借り物という南とは、当然ながら本気度がまるで違う。

場違いだ。自覚したら施錠する手が震えてしまった。なんとか鍵をして五十嵐を見ると、彼がずいっと手を出してきた。

「スマホと鍵」

単語で要求される。戸惑いつつ差し出すと、五十嵐がウエストポーチの中に自分のものと南のものをまとめて入れ、レインウエアの中にしまい込んだ。

どうやら預かってくれるらしい。

「ありがとうございます」

お礼を言って、先導するように歩き出す五十嵐に続いて階段を下りた。そのままジョギングに入るかと思いきや、いきなり柔軟体操をしはじめた。

「体をほぐしておかないと怪我をするから」

大げさな——とは思ったが、ベテランがそう言うので、見よう見まねで体を動かす。そこで、自分の体が想像以上に硬いことに気がついた。五十嵐が軽々と前屈しているのに、南は足首にすら手が届かない。それどころか、動き一つひとつがイメージしているよりずっとぎこちない。

「じゃあ行こうか」

一通りストレッチが終わり、声をかけられたときには羞恥《しゅうち》に赤くなっていた。

「……早乙女さん？」

「な、なんでもありません」

不思議そうにする五十嵐に、南は小さくそう返しフードをかぶった。視界が狭くなるものの、まっすぐ走るぶんには問題ない。

「五十嵐さん、いつものペースでお願いします」

五十嵐の肩にのっている右手が、心なしか昨日よりさらに大きくなった気がする。彼がたどった日常に原因があるのなら、なんとかしてそれを見つけ出したい。そのために今できるのは、彼の平時を〝観察〟することなのだ。

南は気合いを入れる。

「じゃ、じゃあ、……行きます」

勢いに圧されたらしい五十嵐が、そろりと雨の中へ足を踏み出した。

これが彼の日常――そう思うとドキドキしてきた。

しかし、五分も走ると別の意味でドキドキしはじめた。五十嵐の邪魔にならないよう少し離れてついていく南の呼吸は、あっという間に大きく弾んでいたのだ。思った以上に速い。彼の息がさほど上がっていないところを見ると、これが普段のペースなのだろう。さらに驚くべきことに、顔だけ真っ黒な住人と、申し合わせたように十字路で合流したのだ。小豆《あずき》色のジャージを着ていることから〝小豆さん（仮）〟という愛称までつけられている、五十嵐のランニング仲間である。

走るペースがちょっと上がる。

南はぎょっとした。

フードがめくれ上がるのもかまわず、南は決死の覚悟で前を行く二人に食らいつく。

「おはようございます、小豆さん（仮）」

あいさつするんだ!? と、会釈《えしゃく》する五十嵐に驚愕《きょうがく》する。変に律儀すぎる。

《今日のコースは国道から》

小豆さん（仮）は五十嵐のあいさつをスルーして一方的に語り出した。顔全体が真っ黒で口らしきものすらないのに、しゃべれるのが不思議すぎる。

「最近そのコース多いですね」

負けず劣《おと》らずマイペースな五十嵐が気にすることなく話しかける。人間と話すより住人と話すほうが抵抗がない彼は、心なしか生き生きとしている。

《県道で右折し、あぜ道を進んで住宅街に入り、病院前のコンビニで左折》

五十嵐が〝最近〟と言うのだから、先週も同じ道を走ったのだろう。県道はどこだ。あぜ道ってなんだ。病院の位置は引っ越ししてからざっくり調べたが、今記憶しているのは〝大きめの総合病院〟という情報だけで、周りになにがあるのかさっぱりわからない。

「コ……コンビニなんてあったっけ?」

病院なら近くに薬局があっても不思議はない。大きめの病院ならコンビニや喫茶店が徒歩で行ける距離にあったりもするだろう。だが、南の記憶にはない。もうちょっと事前に調べておくべきだった。

《駅の西側アンダーパスを通ってスーパーの前を通過、喫茶ジュマンジュを右折して》

どうやら小豆さん（仮）は、延々とコースをしゃべりながら走り続けるタイプのようだ。住人だから疲れ知らずでペースはまったく乱れない。そもそも走る必要すらないのに、どうやら小豆さん（仮）は走ることに執着しているらしい。

「駅って、駅まで走るの？　喫茶店ってどこ？」

頭の中で地図が大渋滞だ。もしかしたら、一時間以上このペースで走り続けるのではないか。そう考えるとぞっとした。

どこかで置いていかれそうだ。

はぐれる前にスマホと鍵を返してもらったほうがいいのではないか。

「だけど今声をかけるのは……っ」

彼の日常をたどって異常を見つけようとついてきたのに、見つけ出すどころか邪魔をすることになってしまう。あってはならない事態だ。

観察を怠《おこた》らず、なんとしても最後まで走りきらなければならない。

ときどき、犬用のレインコートを着せた愛犬と散歩する人とすれ違った。「おはようございます」とあいさつするところを見ると、五十嵐も小さな交流を楽しんでいるようだ。

「い、異状、なし……っ」

ぜーはーと息を乱す南を見て、犬連れの男がちょっとだけぎょっとした。次にすれ違った初老の紳士も同じように犬とともにぎょっとしていた。早朝の出勤なのか車中の人は南の様子には気づかなかったが、すれ違う人はことごとく南を振り返る。が、南自身はそれどころではなく、どんどん遠ざかっていく五十嵐たちを追うことに必死だ。

「ど、道路状況、異状なし。つ、通行人、も、今のところ、い、じょ、な、しっ」

立ち止まりたい。だけどこれ以上離されたら追いつく自信がない。ベルを鳴らしながら走る自転車を見て、ああ、自転車くらい買っておくべきだった——なんて、詮無《せんな》いことまで考えてしまった。

道々に黒いもやがうぞうぞ動いていたが、今日ばかりは気を払うゆとりもない。

「五十嵐さんも無視してる、か、ら、あれは〝日常〟……で、オー、ケー？」

一応、チェックはしておこう。だけどここがどこかわからない。視界までぼやけてきた。きょろきょろと辺りを見回すと、白い大きな建物が見えた。

「あ、病院」

だったらもう少しでコンビニがあるはずだ。繰り返し聞こえてきていた小豆さん（仮）のランニングルートを思い出しながら、南は強く胸を押さえた。

きっとまだ半分も走っていない。

これじゃ手助けどころの騒ぎじゃない。まったくの役立たずだ。

情けなくて涙が出る。

それでも立ち止まるまいと重くなった足を前に出す。

ふと、人影が見えた。小走りで駆け寄ってくる姿にはっと顔を上げる。

「早乙女さん」

五十嵐が慌てたように近づいてくる。走ることにのみこだわっているであろう小豆さん（仮）は、当然のようにはるか前方をまっすぐ突き進んでいた。

「お、追いかけな、……と……っ！」

南は懸命に訴えた。だが、声が弾んでうまくしゃべれない。

「ごめん、配慮が足りなかった」

五十嵐の言葉に首を横にふると、足は自然と止まった。息はますます上がり、次の言葉が出てこない。それでも「すみません」と声をしぼり出した。短距離走は得意だ。障害物競走なんて誰にも負けない自負があった。けれどランニングは長期戦――考えるまでもなく南には合わなかったのに、そんなことすら気づけなかった。

「あの、私のことは、い、ので、小豆さん（仮）を……」

「小豆さん（仮）のルートは覚えてるから」

「でも」

「走る時間帯や状況も大事だけど、あのペースで走ったら早乙女さんにはきつい。……ことに、今気づきました。すみません」

敬語で謝られてしまった。

「い、いえ！　私の、体力、ぶ、不足、なんで！」

必死で息を整えながらも首を横にふる。勢いでフードが脱げた。「あっ」と声をあげると、五十嵐がひょいと手を伸ばし、フードをつかむと丁寧に戻してくれた。

「近……っ」

「え、ごめん！」

五十嵐の体が目の前だ。思わず声に出したらすごい勢いで離れてしまった。言うんじゃなかった――と、南は胸中で猛省し、深く息を吸い込んで頭を下げた。

「ありがとうございます」

「……いえ」

そのままこそこそと距離をおかれてしまう。

まさかセクハラだと勘違いしているのでは、と、南は動揺した。

「ほ、本当に、本当に、ありがとうございました」

「い、いえ」

慌てて隣に並ぶと、五十嵐がすっと場所を入れ替え、道路側——南の右へと移動した。

こういうさりげない配慮は、正直、ちょっとドキリとしてしまう。もっとも、しっかりあいだを置かれてしまっているのだが。

近づくと五十嵐が車道に出てしまいそうなので、その距離を保ちつつ歩くことにする。

「……小豆さん（仮）、行っちゃいましたね」

「ペースを崩さないヒトだから」

雨に煙《けぶ》る視界のどこにも小豆色のジャージはない。それでも五十嵐は、慌てた様子もなく南に合わせるようにゆっくりと歩いてくれている。

おかげで南の呼吸も少しずつ整っていった。

「……病院前のコンビニを左折」

なるほど、確かにコンビニがある。しかも、駐車場は満車に近く、店内も混み合っている。白衣を着た人もいるので、病院関係者も多く利用しているらしい。

「体が冷えるから、軽く走ろう」

「あ、はい。……質問してもいいですか?」

レインウエアを着ているせいか少し汗ばみ、体温が下がりかけていた頃だ。さすが、プロ。こんな配慮も完璧らしい。南は感動しつつ五十嵐の様子をうかがう。

「えっと、遺失物係に入って、情報収集の大切さを学んだんです。それで、ここしばらくは五十嵐さんの行動をチェックしていたんですけど——そ、その、五十嵐さん自身のことも知りたいな、と」

「俺?」

「けっしてやましい気持ちはありません! 右手さんを異界に帰すヒントにもなるのではないかと!」

緊張しすぎて変な言葉遣いになってしまった。

五十嵐はちょっと戸惑ったような表情をした。だが、南の意見には納得してくれたのか、素直にうなずいてくれた。

南はほっと胸を撫で下ろす。

「身近な人は健在って言ってましたよね。最近、ご家族と話したんですか?」

二十八歳男子——本来なら頻繁《ひんぱん》に親に電話する年齢ではないだろう。五十嵐の性格ならなおのこと、すすんで両親に電話、というのは想像しづらい。

「……さ、最近は……」

もごもごと返ってくる。どうやら南の想像はあたっていたようだ。しかし、南も生活に追われて両親とはそれほど密に連絡を取っているわけではない。面白い写真が撮れたとき、聞きたいことがあるときくらいしかメッセージを送ったり電話をしたりしない。なので、この辺りは許容範囲内だ。

こくりと唾《つば》を飲み込む。

「か……家族、構成は？」

これは情報収集だ。けっして下心で質問しているわけではなく、仕事の一環、必要だからあえて訊いているだけだ。ヨコシマな気持ちで尋ねているのではない。

南は自分に言い聞かせ、五十嵐を見た。

「両親と、……兄が」

新しい情報だった。

「お兄さんがいるんですね！　私、一人っ子だから兄弟がいるの羨《うらや》ましいです」

なんとなく、奇妙な間があった気がする。しかし南は率直に感想を告げた。妹や弟もかわいいだろうが、兄や姉という存在には子どもの頃から憧れが強い。できればお兄ちゃんがいいな――なんて思っていたら、急に〝あの夢〟を思い出した。

高熱を出したときに見た不思議な夢。人ならざる者たちが闊歩《かっぽ》する世界に迷い込みかけた南を連れ戻そうとしてくれた男の子。今なら〝少年〟の認識だが、当時の南には間違いなく〝年上のお兄ちゃん〟だった。

南はつかまれた手首を無意識にさすっていた。

結局、五十嵐の肩にのった右手が気になって、夢の話はできずじまいで、できないまま痣も消えてしまった。

アレはよくある夢。

どこかにぶつけてできた痣が、偶然子どもの手のように見えた。そう思うことにした。

「――兄は、俺が小学生の頃に他界しているから」

「えっ」

思いがけない告白に、南はとっさに足を止めた。雨足が強くなり、コンビニの明かりがゆらゆらと揺れる。数歩歩き、五十嵐が振り返る。顔が影になってよく見えない。なにを考えているのか、彼は口をつぐんでしまった。

「す、すみません。無神経なことを言いました」

羨ましいだなんて、五十嵐の気持ちも考えずに軽率だった。もっと彼の変化にちゃんと配慮するべきだった。

「二十年前の話だから」

かすかに笑うような気配があった。項垂《うなだ》れた南は、「気にしなくていい」とほのめかされて複雑な気持ちになった。小学校の頃に他界したといっても、五十嵐にとっては身近な人の死だ。軽々しく語れるはずがない。

話題を変えよう。これ以上は踏み込まないほうがいい。南はそう判断する。

今は、現時点で五十嵐が巻き込まれている異常を解明するのが最優先だ。

「い、五十嵐さんっていつから走ってるんですか？」

できるだけ明るい声で「もともと走るのが好きだったとか？」と続けて尋ねる。五十嵐は目を瞬いた。

「運動は苦手で」

「そうなんですか⁉」

見た目からすればその通りなのだが、早朝ランニングやジム通いを考えると、運動自体が好きなのかと思っていた。

「前は鳳さんに、もやしってからかわれてたし。ランニングは、日々《にちにち》警備保障で働くようになってしばらくしてからはじめた」

確かにそんな話は以前に聞いていた。もやしという万能食材は苦学生だった南にとって生命線だったので、あの話で五十嵐に親近感を抱いたのだ。

「ランニングコースはいつもどうやって決めてるんですか?」

今のところ、トラブルに巻き込まれる可能性がもっとも高いのはランニングの最中だ。ゆえに南の問いもその一点に集中する。

「最近は小豆さん(仮)が走るコースに合わせてる。小豆さん(仮)は面白い。俺の走らないコースを選ぶから」

「このコースは小豆さん(仮)のこだわりなんですね」

きっと生前なにかあったんだろうなあ。それが心残りで今も走っているんだろうなあ。なんて考えていると、五十嵐がほっこりしていた。

「また明日もいっしょに走れる」

「そ、そんなに嬉《うれ》しいですか?」

なんだろう。羨ましくはないはずなのに、ちょっと引っかかる。

引っかかりつつ、五十嵐が月曜日の早朝に走ったランニングコースを、それよりずっとゆったりペースで走った。

土曜日でよかったと、日々荘《にちにちそう》に到着してから思った。

「所要時間二時間半……!!」

今日がもし平日だったら、最低限の身支度を整え朝食すら抜いて出社したとしても遅刻していただろう。五十嵐一人ならシャワーを浴びて着替えをすませ、朝食の支度まで手伝えるほどゆとりがあるというのに。

さらに衝撃的だったのは、なんの成果もなかった点である。

「す、すみません、お役に立てず」

「い……いえ。じゃ、あの、これ、スマホと鍵です」

相変わらず敬語で返ってきて、南はますます萎縮《いしゅく》してしまう。

「ありがとうございます」

五十嵐からスマホと鍵を受け取って、南は項垂れながら部屋に戻る。レインウエアを洗ってタオルで水気を拭き取り、シャツとパンツをカゴに突っ込み、急いでシャワーを頭から浴びた。

「……本当になんの変哲もないコースだった」

事故現場があったとか、おかしな住人がいただとかもない。病院や墓地の近くは通ったけれど、これといって気に留めるようなできごともなかった。

「ランニングコースじゃないってこと？　天気、でもないだろうし」

たとえば目の前に重篤《じゅうとく》な人がいれば、五十嵐なら迷いなく助けるだろう。当然、記憶にも残るはずだ。けれどそれも違う。

「右手さんの正体がさっぱりわからない」

風呂場から出てタオルで体を拭き、着替えをすませてドライヤーで髪をざっくり乾かす。とたんにくうっとお腹が鳴った。時計を見ると、すでに九時近い。空腹をかかえつつ一〇二号室に向かうと、一足先に身支度を整えた五十嵐が、山子にこき使われながら朝食の支度をしているところだった。

「ほらほら、ちゃきちゃき働きなさい！　お味噌汁《みそしる》あたためて！　味噌は火を止めてから入れるのよ！　ああ！　ベーコンが焦《こ》げちゃう!!」

「て、手伝います!!」

「南ちゃんは座ってなさい。五十嵐に付き合わされて疲れたでしょ？　朝から大変だったわね」

「いえ。全然役に立てなくて……」

「もー、謙遜《けんそん》しちゃってー」

やあねえ、南ちゃんったら、なんて、山子がころころ笑う。

「むしろ足を引っぱってしまいました」

「そういうものの積み重ねよ。明日も頑張って！」

「……頑張ります……」

迷惑じゃないだろうか。そう思いながら五十嵐を見たら、南以上に申し訳なさそうな顔をしていた。どうやら明日もいっしょに走っていいらしい。邪険にされていない事実に南はほっと胸を撫で下ろした。

「持久力がほしいです」

「わかるわー。持久力大事よね！」

切実に訴えながら山ガールのすすめで椅子に腰かけると、正面で、なぜか意味深にニマニマと笑いながらうなずいてきた。

「な、なんでしょうか」

「なんでもないわよ。後輩同士が仲がいいのが嬉しいだけ」

ハートが見えそうな笑顔だ。そんな面倒見のいい先輩は、すでに朝食を終えているのに待っていてくれる。

「どうぞ」

五十嵐が南と山子の前に湯飲みを一つずつ置く。

「ありがとうございます」

お礼を言って一口飲んで小さく息をつく。すでに疲れ果てている南とは反対に、五十嵐はテキパキと朝食を作り、間もなくテーブルの上に二人分の食事が並んだ。

「五十嵐さんって、卵料理以外も作れるんですね」

「鳳さんにしょっちゅうこき使われてるから」

「感謝しなさいよ！　いつでもお嫁に行けるように仕込んであげてるんだから！」

強要されると断れないのか、あるいは卵料理の延長で手伝うようになったのか、自慢げに告げる山子に五十嵐は苦笑いだ。

「根室さんも仕込んでるんですか？」

「あの変態は、基本的に必要最低限しか部屋から出てこないのよ。そのうちキノコでも生えるんじゃないの？」

金払いがいいからごはんは作ってあげるんだけどね、と、山子がちょっと悪い顔で続ける。なるほど、と南は納得した。

「いただきます」

手を合わせて味噌汁からいただく。ほっこりと甘いジャガイモ入りの味噌汁だ。お腹の中からあたたかさが広がっていく。ベーコンとともに焼かれた玉子はさっぱりと塩味で、胡麻《ごま》が香ばしい白菜《はくさい》の浅漬けは箸《はし》休めにぴったりだった。

「おいしいです」

ほくほくと朝食を食べていると、嬉しそうに目尻を下げる五十嵐と目が合った。なんとなく気まずくてとっさに目をそらしてしまう。

山子がさらにニヤニヤしていることにも気づかずに、南は黙々と食事をすすめた。

食べるのが速いわけではないけれど、五十嵐とほとんど同じタイミングで箸を置く。どうやら食事のペースを合わせてくれているらしい。

「ご、ごちそうさまでした」

「お粗末様《そまつさま》でした」

いつも通りの返事に頬《ほお》がゆるんだ。それからいっしょに食器を片付け、相変わらずニヤニヤ笑いを続ける山子に首をひねりつつ別れる。階段を上がって二階に行くと、次になにをしていいのかわからなくなった。

五十嵐の行動を追うなら、当然、これ以降もいっしょにいなければならない。

しかしそうなると、ここで別れるわけにはいかない。

どうしようかと五十嵐の様子をうかがうと、

「来る？」

意外すぎる一言が五十嵐の口から飛び出してきた。

「く、来るって、どちらに？」

五十嵐が指をさしているのは五十嵐自身の部屋のドアである。それでも、あまりに予想外でそう尋ねてしまった。

——生まれてはじめて異性に誘われている。

学生の頃は授業料と生活費を稼ぐのにバイト三昧《ざんまい》、飲み会だって毎回パスした。出会いがないわけではなかったけれど、親密な関係になったことは一度もなかった。

それがここにきて急展開だ。天地がひっくり返った気分だ。意識すると心臓がバクバクして手汗までかいてしまう。

これは仕事の延長線。そう。下心なんて微塵《みじん》もない。

そんな言い訳を心の中でしていると、ガチャガチャと音が聞こえてきた。

「どうぞ」

「へぁ!?」

五十嵐がドアを開けた。ここで断ったら失礼にあたらないか。仕事そっちのけでそんなことを考えて五十嵐を見る。

「お、お、おおおおお邪魔しますっ」

ひゃーっと胸中で悲鳴をあげ、五十嵐に誘われるまま玄関を一歩入る。

五十嵐のことだから、機能重視でシンプルな部屋に違いない。間違っても、引っ越して三カ月経過し、いまだに家具の配置がしっくりとこない南の部屋とは別物だろう。

そう思って部屋を見たあと。

「うわあ」

脱力した変な声が出た。間取りは南の部屋といっしょでも、内装はまるで違う。違いすぎて、実に五十嵐らしいと納得してしまった。

玄関には金の卵の置物が燦然《さんぜん》と輝いていた。卵のフィギュア（リアル）から卵の発生順序模型、やたら精巧な目玉焼きやオムライス、だし巻き玉子、スクランブルエッグの食品サンプル、映像でしか見たことのない細やかな装飾がほどこされた魅惑のイースターエッグやレースのような繊細な模様が彫られた美しいエッグアートの数々が、壁沿いに置かれた濃い木目調の棚にぎっしりと置かれていた。

ちなみに壁には卵を題材にした絵やタペストリーが飾られ、照明もあからさまに卵形である。どこを見ても卵しか目に入らない。

家具の配置どころの騒ぎではなかった。完全なる趣味の世界だ。ここまで卵と玉子で埋められたら、根室のモニタールームすら霞んでしまう。

「早乙女さん？」

固まる南に気づいて五十嵐が小首をかしげる。南はわれに返った。

「なんでもありません。……そ、想像以上に五十嵐さんらしいお部屋で、ちょっとびっくりしただけです」

ベッドシーツまで卵柄、枕にも黄身が装備されている。もうちょっと卵に耐性をつけてから入るべきだった。レベチだ！　と、内心で叫んだ自分に動転しながら「お邪魔します」と靴を脱いだ。壁にかけてある靴べらが黄身と白身のカラーであることに気づき、南はそっと目をそらした。

卵好きなのは周知の事実だがレベルが違いすぎる。

トキメキが一瞬で吹っ飛んでしまった。

「い、五十嵐さんって、本当に卵が好きなんですね」

「完全栄養食品」

すすっと差し出されたスリッパにも卵が描かれている。調理グッズも卵を意識したのか白と黄色ばかりで、キッチンが乙女ばりにファンシーだった。

「卵圧《たまごあつ》が予想以上にすごいです」

「――卵は、〝完璧〟だから」

いつもと少しニュアンスが違う。崇拝《すうはい》しているというより自虐《じぎゃく》的な響きを感じ取り、南はキッチンから視線をはずす。不思議に思って五十嵐を見るも、彼は南に目玉焼きのクッションをすすめると逃げるようにキッチンに立った。

南は五十嵐に言われるまま、白い丸テーブルの横にあるクッションを抱きしめて腰を下ろした。丸テーブルの上には卵形のシールが貼られたノートパソコンが置かれていた。ノートパソコンの横に積まれた本には〝卵〟だの〝玉子〟だの〝たまご〟だの、五十嵐が好きそうなタイトルが並んでいる。

心酔とレベチを通り越し、もはや卵は彼の人生そのものであるのかもしれない。

おかげで変に緊張しないですむと、南は気持ちを入れ替えた。

「五十嵐さんは、休日はなにをしてるんですか」

「卵の研究」

即答だ。本に貼られた大量の付箋《ふせん》から容易に想像がつく答えだった。

「本、見てもいいですか?」

許可をもらってから本をパラパラめくっていると、コーヒーのいい香りがしてきた。冷蔵庫の開閉音。聞き慣れない機械音。慣れない音の数々から、自分が今、異性の部屋にいるのだと改めて自覚した。

ドッドッと心音が大きくなる。

本を読んでいるのに、目が滑ってちっとも頭の中に入ってこない。

それどころか、「彼女はいるんですか？」なんて無粋な質問が喉の奥までせり上がってきた。部屋に女性の気配はない。友人がいないなら、彼女もいない可能性が高い。なんて、失礼な考えを慌てて思考の外へと押しやった。

「あとは、買い物に行ったり散歩したりジムに行ったりしてる」

少し間をあけて返ってきた声に、南ははっと顔を上げた。

「ジムには一人で行ってるんですか？」

問いかけると、目の前に白いどっしりとしたカップが置かれた。こちらも卵柄だ。

「ありがとうございます。コーヒー……ですよね？　カフェラテ？」

ほんのり黄色い泡がのった飲み物に小首をかしげつつ口をつける。甘い。生クリームというよりカスタードクリームに近い味だ。戸惑っているとスプーンで混ぜるようすすめられる。

五十嵐がカップを手に向かいに座った。

「ベトナム式のエッグコーヒー」

「え……エッグって、卵が入ってるんですか？　って、五十嵐さんブラック!?」

卵好きとはいえ甘いものは基本的に避けている五十嵐は、南のためだけにわざわざエッグコーヒーを作ってくれたようだ。

食後のコーヒーにしてはちょっと甘すぎるが、心遣いにほっこりしてしまう。

午前中は五十嵐の趣味に付き合ってたまごの本を読み、あれ？　これなんか恋人っぽい？　なんて内心でどぎまぎしながら昼食を作りに一〇二号室へ向かう。ラーメンと餃子《ぎょうざ》というどこぞの定食のようなお昼を食べたあと、五十嵐が外出すると言い出した。

「先週の土曜日はジムに行ったから」

行く？　と尋ねられて、南は勢いよくうなずいた。部屋で二人きりというのは、自意識過剰とは思いつつも、五十嵐を意識して緊張してしまうのだ。

お互いに傘をさし、ちょっと距離を取りつつも雨の道を歩く。今日は知らない道をたくさん歩く日だ。そわそわと五十嵐についていくと、徒歩十分の場所に彼が通っているというスポーツジムがあった。会社やいつも行っているスーパー鬼久保《おにくぼ》とは別方向で、南の生活圏から外れているせいかまったく気づかなかったが、駐車場のある平屋のジムで、塗装のはげ具合からも古めかしい印象を受けた。

ガラスドアを開けると、五分刈り髭面《ひげづら》の男が近づいてきた。中年太りなのかお腹がやや出っぱっているが、両腕はよく鍛えられ、上腕二頭筋でTシャツがはち切れそうだ。下半身もやたら太い。

「こんにちは」

「お。五十嵐じゃねーか。女連れとは珍し……って、女⁉　お前、コミュ症のクセに生意気にも彼女かよ‼」

まさかこんなところで〝コミュ症〟という単語を聞くとは思わなかった。周知の事実なのだろう。

「インストラクターの今倉《いまくら》さん」

そして五十嵐も、そんな今倉を気にした様子もなく南に紹介した。

「おい、こっちにも紹介しろよ！　彼女！」

怒鳴られて「同僚の早乙女さん」と、五十嵐がぼそぼそと紹介を付け足す。とたんに今倉は不機嫌顔になった。

「なんだ、仕事仲間かよ。つまんねえな」

使い込まれたランニングマシンにエアロバイクなど南でも名前を知っている道具もあれば、腹筋を鍛える道具だの、背筋を鍛える道具だのと、名前もよくわからないトレーニングマシンもたくさん置かれていた。重さ順に並べられたダンベル、縄跳び、腹筋ローラーなど、一般家庭にありそうなものもジムの片隅《すみ》に置いてあった。

ここが五十嵐の通っているジム。感慨深く見回していた南に今倉が問いかけてきた。

「じゃあ体験コースでいいか?」

「えっ」

「ここは会員制のスポーツジムだが、体験コースはいつでも受付中だ。もちろん入会を強要することもないし無茶な勧誘もしない。契約自体も一カ月単位で更新できて、半年、一年契約だと割引も適用される。とりあえずやってみるか」

流れるように説明されて、体験コースの案内用紙を渡される。もはや強制参加だった。幸いだったのは、体験コースは申込書などがなく、個人情報を記載する必要がなかった点である。

「じゃ、軽くエアロバイクからな」

「お……お願いします」

これも五十嵐の日常なのだ。南はダンベル片手に自主的に運動をはじめる五十嵐をチラチラと観察しつつエアロバイクにまたがった。

「少しずつ負荷をかけていくからペダルが重くなるが、同じペースでこぐように。まずは十分」

「はい」

思った以上にエアロバイクが楽で驚いていると、今倉が宣言したようにペダルが重くなっていった。たかが十分と侮《あなど》っていたが、終わる頃にはすっかり息があがっていた。

「じゃあ次は筋トレマシンで」

なぜだか大胸筋を鍛えるマシンに座らされる。

「次は腹筋」

「次は背筋を鍛えよう」

「次はランニングマシンで」

「次は――」

恐ろしいことに、今倉は一つずつマシンを試していくつもりらしい。

「集中しないと怪我をするぞ」

「休憩をお願いします！」

朝のランニングだけでもへとへとだったのに、午後からこんなに運動させられたらまともに動けなくなってしまう。懇願する南に、今倉は「そうだな」とわれに返ったようにうなずいた。

「じゃあ十分休憩で」

たった十分!?　とは思ったが、素直に「ありがとうございます」とお礼を言って、ジムの片隅に設置されていた赤いベンチに腰かけた。

弾む息がちっとも整わない。

「おーい、五十嵐！　ベンチプレスするぞー」

今倉がウキウキと五十嵐に近づいていく。南なら確実に逃げ出すだろう笑みを浮かべているが、五十嵐は「え、やるんですか？」と、ちょっと困惑しつつも応じている。

今さらではあるが、五十嵐は本当に真面目に体を鍛えている人だった。だから南を軽々と抱き上げることもできるし、体力だってある。

いっしょに行動したいなら、それなりに体を鍛えなければならないだろう。

「が、頑張ろう」

こっそり誓いながら南は五十嵐を盗み見た。いつの間にか上着を脱いでいる。運動用に薄手の服を下に着ていたらしい。薄手すぎて筋肉の隆起がそれはそれは美しく浮き上がり、素肌を見たときを思い出してしまった。

「ん、な……っ」

一瞬で鼓動が跳ね上がった。だめだ。薄手の服は思った以上に刺激が強い。南はとっさに顔をそむけ、再びこっそりと五十嵐を盗み見た。

「い、異状なし。異状は、ない、けど」

上着を着てくれないと五十嵐を監視できない。

「日々警備保障の社員はなんか居着かないんだよなあ。ってことで、入会しないか?」

もじもじしていたらあっという間に十分たったらしく、五十嵐の指導を終えた今倉が南のもとにやってきて、そんなことを尋ねてきた。

「五十嵐は上司の紹介で、早乙女さんも上司である五十嵐の紹介だろ。ちょうど流れ的にここは入会するのがベターだと思うんだよ俺は」

「強要は禁止です、今倉さん。クーリングオフです」

五十嵐が南に迫ってくる今倉を軽く止めた。

「まだ契約もしてねえよ!」

「禁止です」

怒鳴る今倉ににべもなく言い放つ。

「入会させるために連れてきたんじゃねえのか!」

「違います」

ちなみに五十嵐はランニングマシンを堪能中だ。堪能しながら契約を迫ってくる今倉を止めてくれている。意外な一面だったし、こうして気にかけてもらえるのがちょっと嬉しかったりした。

しばらくすると今倉は別の会員につきっきりになり、南にようやく自由時間が訪れた。

「……普段の生活に、これといって変化はなし」

五十嵐が気づけない変調に第三者である南なら気づけるかと思ったが、想像以上に困難だった――どころか、五十嵐の生活は予想通り休日も平日と変わらず平坦で、着目すべき点がないのである。

しかも。

「どんどん肩に食い込んでいってる気が」

まるでなにかを訴えるように、あるいは苛立《いらだ》ちをぶつけるかのように、右手が五十嵐の肩にめり込んでいる。五十嵐が痛がっていないのは幸いだが、あのままだと骨を折るどころか同化してしまうのではないかと怖いことまで想像した。

人と住人の同化――果たしてその人が〝正常〟と言えるのだろうか。

そしてそれは、どんなトラブルを巻き起こすのだろう。

考えるだけで震えがきた。

そもそも住人は〝あちら〟側のヒトだ。一般的な言葉を借りれば幽霊に近い。肉体の同化どころか、精神まで変質してしまう可能性だってある。

早くなんとかしないと、このままでは五十嵐の生命すら危ういのではないか。

「――さん」

真っ青になった南の肩を、五十嵐がつかんだ。

「早乙女さん、大丈夫？」

「え、あ、……すみません。ちょっとぼーっとしてて」

無理やり笑みを作ったが、心臓はバクバクしっぱなしだった。

不吉な予想を五十嵐に気づかれてはならない。

〝最悪の事態〟なんてもってのほかだ。

「……三時過ぎたから、どこかで休憩でも、と」

「いつもそうしてるんですか？」

「――まっすぐ帰ってる」

「じゃあ帰りましょう！　先週もこんな感じだったんですよね」

カフェでお茶、という誘惑にちょっと心が揺れたけれど、今はなにより五十嵐の行動を追うのが最優先だ。

南の意見を受け入れ帰ることになると、今倉がわざわざ出入り口まで見送ってくれた。

「ここまでなにか気づいたことは？」

「……と、とくには。ごめん、早乙女さんの貴重な休日を……」

「いえ！　気にしないでください！」

南はキリッと答えた。

右手が五十嵐の体に同化する前に――彼の体に、あるいは心に、影響が出るその前に。

なんとしても事態を収拾しなければならない。

5

日曜日、早朝。

「……昨日はなにも進展しなかった……」

ジムから帰って五十嵐の部屋でホットミルクを出してもらって、二時間ほどネットでたまご情報を拾って（本気でそれが五十嵐の日常らしい）、一〇二号室に行って山子とともに夕食の支度をする。ちょっと肌寒いからと、昨夜は鍋だった。白菜と豆腐、かまぼこ、ウズラの卵を投入し、そのうえ、〆《しめ》であるはずのうどんを最初からあごだしでしっかり煮込んだ食べ応《ごた》えのある一品。大人数でわいわいつつく鍋は楽しくて、不安な気持ちもあの時ばかりは吹き飛んでいた。

五十嵐の行動を二十四時間見るといっても、さすがに彼の部屋に泊まり込むことはできない。ゆえに、いつものように窓辺で晩酌をして就寝、そして前日と同じように早朝にスマホのアラームで起床したのだ。

「あ、……雨がやんでる」

梅雨らしく湿った空気だが、天気予報を確認しても雨雲は見えなかった。南はほっと安堵し、筋肉痛で悲鳴をあげる体を庇《かば》いつつ顔を洗って布団を上げ、着替えをすませた。

「今日こそは……!!」

なにか、少しでもヒントがほしい。

南は待ち合わせ時間になるまでじりじりと待ち、五時半になると同時に部屋を飛び出した。すると、今日もほぼ同時に五十嵐が部屋から出てきた。

「おはようございます！」

「お……おはよう、ございます。……朝から、元気だけど」

「はい。よろしくお願いします」

戸惑う五十嵐に深々と頭を下げ、階段を下りると入念にストレッチで体をほぐした。ひどい筋肉痛のため動きがぎこちなくて、五十嵐に心配されてしまったが。

「行きましょう」

握りこぶしで誘うと、五十嵐がさらに心配してきた。

「ゆっくり走ろうか?」

「平気です」

「無理してない？」

「問題ありません。遅くなると小豆さん（仮）と合流できなくなります。行きましょう」

南の指摘に「それは大変」と言わんばかりに五十嵐が走り出した。南はその背を追いながら、昨日以上に熱心に彼の行動を観察した。五十嵐は昨日と同じコースを、昨日と同じペースで走り、同じタイミングで小豆さん（仮）と合流した。

「ほ、本当になにも変わってない……!!」

どうやったらここから〝非日常〟をすくい上げるのか、考えれば考えるほどわからなくなってしまう。愕然としていると、小豆さん（仮）と並走する五十嵐がちらと振り返った。解決をなかばあきらめたような微妙な表情――南はとっさにうなずいた。「なんとかします！」の思いを込めて握りこぶしも追加すると、五十嵐はちょっとだけ笑って南から視線をはずした。

どこかでなにかが起こったはずなのだ。

五十嵐にとって取るに足らない、しかし右手にとっては決定的ななにかが。

筋肉痛で悲鳴をあげる体に鞭《むち》打ち、南は必死で五十嵐たちのあとを追う。早く異変を見つけなければと焦りだけが増していく。けれどやはり、非日常が見つからない。

「どうして？　なにが違うの？　どこで、どうして、あの右手は……」

五十嵐に取り憑くことになったのか。

なんらかの形でかかわっているはずなのに、原因がちっとも見えてこない。

昨日と同じように犬の散歩をしている人たちとすれ違う。何台もの車とすれ違う。変哲もない道々に、鼓動ばかりが速くなる。

救急車が一台、サイレンを鳴らしながら近づいてくる。

ああ、病院が近いから——そう思ったとき、五十嵐が声をあげて立ち止まった。

「どうしたんですか？」

小豆さん（仮）が遠ざかっていくのに追おうともしない五十嵐に戸惑って近づくと、彼は険しい表情でなにかを考えているようだった。

「もしかして、前のときも救急車とすれ違ったとか」

南の問いに五十嵐が首を横にふる。横にふって「救急車じゃないけど」と、なおも思案げに言葉を続けた。

「——ランニングの途中で、タクシーに追い抜かれた。乗用車はよく見かけるけど、タクシーは珍しくて……そうだ。あのタクシー……」

「この近くなら」

南と五十嵐は、とっさに右前方——総合病院へと視線を移す。

もしそのタクシーに乗っていたのが右手にかかわる人なら、急いでいたが救急車を呼ぶほど重篤な症状ではなかったに違いない。だが、その後はわからない。もしかしたら病院で容態が急変したのかもしれない。

「だ、だけど、ただすれ違っただけの五十嵐さんに執着するって、なにかおかしくありませんか？」

「……おかしいとは、思うけど」

それ以外の非日常が見当たらないのなら、そこから広げて考えていくべきだ。五十嵐はそう結論を出したらしい。疑問ではあるけれど、南も彼の意見に賛同した。なにせ他にヒントになるものが何一つないのだ。少しでも手がかりになるならすがりたい。

南は五十嵐とともに病院へ向かった。

「でも、個人情報なんて簡単には教えてくれませんよね？　月曜日の早朝にタクシーで来院した人なんて曖昧な言い方じゃ……」

「無理だと思う。……部長に連絡してみようか」

「部長ってそんなに顔が広いんですか？」

「部長が社長にかけ合って、社長が病院にかけ合って」

「え、えええええっ」

南はおののいた。警察のお世話になったせいで部長が社長室に呼ばれたばかりだ。間違いなく遺失物係の評価が下がる。可能であれば社長を巻き込むことは避けたい。

「よかった、道筋が立って」

しかし五十嵐はまったく気にしていないようで、胸を撫で下ろしている。前向きすぎるマイペースぶりに、南の肩から少しだけ力が抜けた。確かにこの状態なら〝前進〟ととらえるべきだ。今はこの異常事態を解決するのが先決である。

「で、でも、大丈夫なんですか？　住人が関係してるけど、もともとは業務中に起こったトラブルじゃないから会社は関係ないことに……」

「部長がなんとかしてくれる」

信頼感が半端ない。が、確かに今頼れるのは部長だけだ。

「ひとまず、コンビニから病院の様子を見てみますか？」

南が提案すると、五十嵐は素直に応じてコンビニに向かってくれた。店内に入って棚越しに病院をうかがい、そこでようやく今日が日曜日だったことを思い出す。

「……日曜日は休診……」

スマホに視線を落としていた五十嵐がつぶやいた。どうやら診療時間を確認していたらしい。

「平日の診療は八時半から」

「その時刻まで、一応待ってみますか?」

なにか情報が得られるのではと期待しているのだろう。うなずいた五十嵐は、南が山子に報告メールを打っているあいだに二人分のお茶とサンドイッチを買ってくれた。抹茶のスイーツもレジに持っていこうとする彼に、カロリーを考え理性を総動員してお断りし、イートインスペースに陣取った。

「あと一時間半ですね」

どうやって八時半まで過ごすか——あっという間に食べ終えてしまったサンドイッチの袋をテーブルの脇に寄せ、ちびちびお茶を飲みながら考える。

「あ」

声をあげた五十嵐の顔に浮かんだのは、緊張と動揺、わずかな躊躇い。けれど彼は、それを振り切るように立ち上がり、コンビニを出ていった。呆気《あっけ》にとられた南が目で追っていると、彼は横断歩道を歩いてくる女へとまっすぐ駆け寄った。

「誰……?」

髪の長い、南より少し年上とおぼしき女である。オフホワイトのシャツにロングスカートといたってシンプルな服装の彼女は、五十嵐を見ると驚いたように目を見開き、すぐににっこりと微笑んだ。

「だ……誰――!?」

間違いなく親しい間柄の反応だ。友人はいないと言っていたのに、それ以外はいたということなのだろうか。直前の反応に疑問を抱きつつも悶々とし、南は手早くテーブルを片付け、五十嵐のもとへ向かった。

「五十嵐くん、どうしたのこんなところで！」

にこにこ笑う女は、五十嵐の腕を軽くポンポンと叩く。親しいどころではない。もっと親密な関係の相手だ。そう思うと、住人への不安とは別の不安が頭をもたげた。

「お久しぶりです、凛子《りんこ》さん」

しかも名前呼びだ。

「あ、あの、どなたでしょうか」

南がこっそり問うと、五十嵐は目を瞬いて凛子を紹介してくれた。

「大原《おおはら》凛子さん。――横嶺《よこみね》さんの恋人」

どうやら五十嵐と深い関係ではなかったらしい。ほっと胸を撫で下ろしたあと、南は思い切り首をかしげた。

「横嶺さん？」

誰だろう。そんな疑問が顔に出ていたらしい。

一瞬、ぐっと唇を噛《か》んだ五十嵐が、言葉を選ぶように口を開いた。

「早乙女さんが入社する前、俺にいろいろ指導してくれた会社の先輩」

「五十嵐さんの元パートナーってことですか？」

意外な人が出てきた。

否。これは。

「もしかして、その方、亡くなったんじゃ――」

「やだ、生きてるわよ！」

不躾《ぶしつけ》すぎる南の言葉に五十嵐はびくりと肩を揺らし、凛子はころころと笑った。あからさまに五十嵐の肩から力が抜けていく。

南は慌てた。

「す、すみません」

「いいのいいの。実際死にかけてるから！」

ものすごくあっけらかんと言われ、南と五十嵐はぎょっとした。

「死にかけてるって……!?」

「昏睡《こんすい》状態。あの人強いから——大丈夫よ」

すっと笑顔が消えた。自分に言い聞かせるような口調だった。こういったことがはじめてではないのが伝わってくる姿に南はこくりと唾を飲み込んでいた。

「……病院に来たのはいつですか」

ぴりぴりとした緊張が伝わってくる。必死で動揺を隠しながら慎重に問う五十嵐に、凛子は不思議そうな顔をしつつ答えた。

「月曜日よ。早朝。急に気分が悪いって言い出してタクシーを呼んで、……病院に着く直前に意識がなくなっちゃったの」

「い、五十嵐さん！」

「ああ」

基本的に住人は〝死者〟だ。あるいは、〝この世〟にはいないモノ——けれど、その定義は限りなく曖昧でもある。

あちら側とこちら側の中間にいる人間がどうなるか、実際にはわからない。

わからないのであれば、可能性はある。

右手の正体。五十嵐にかかわりのある人物。

今、一番可能性が高いのは、彼の先輩である横嶺に違いない。

「横嶺さんに会えますか？」

　真剣に問う五十嵐に、凛子は少し戸惑った。

「会うっていっても意識がないし、主治医に確認しないことには……でも、顔を見るくらいなら」

「お願いします」

「期待しないでね。面会時間じゃないから」

　コンビニに用があって病院から出てきたのであろう凛子は、そのまま踵を返して横断歩道を戻っていく。彼女のあとを追いながら、南はふっと首をかしげた。

「もしかして、昨日行ったジムって、もともと横嶺さんが通ってました？」

　なぜ知っているんだという顔で五十嵐が見てきた。今倉が言っていた上司というのは、どうやら横嶺であるらしい。

　つまり横嶺は、なにくれとなく五十嵐の世話を焼いてくれた人だったのだ。けっして人との付き合いが得意ではない五十嵐のそばにいて、ジムに通わせ——。

「……ランニングも、横嶺さんがしてたんですか？」

　再度の質問に五十嵐が驚く。南が思っているよりずっと親密な関係だったに違いない。会社の上司という枠組みを超えている。

「横嶺さんは、俺の、恩人」

「――恩人」

「道を歩いてたら声をかけられて、日々警備保障に引っぱり込まれて」

「……恩人……？」

「そのままバイトとして雇われて、気づいたら正社員に」

それは恩人と言っていいのだろうか。いろいろ特殊すぎて理解が追いつかない。けれど、なんとなくピンときた。

「横嶺さんがきっかけで、五十嵐さんは遺失物係に配属されたんですね」

つまり、五十嵐が住人を視認できると気づいて日々警備保障に誘い、彼の居場所を作ってくれたのが横嶺だったのだ。

だから〝恩人〟。

五十嵐にとっても特別な存在に違いない。そう実感して身構えてしまった。

凛子に続いて救急外来の入り口から院内に入る。早朝にもかかわらず、待合室には不安げな家族連れや手持ち無沙汰でテレビを見る人、つらそうな患者らしき人など、思った以上に人がいた。

待合室を通り過ぎ、エレベーターで三階に移動する。降りるとすぐにナースステーションがあり、隣にはＩＣＵと書かれたプレートがかかっていた。

集中治療室だ。

重篤な症状の患者が入院する場所である。

南も幼少の頃に入ったことがあるが、記憶がないので妙に緊張してしまう。

凛子はナースステーションの奥で作業をしている看護師に声をかけた。

「すみません、横嶺の家族です。弟と妹が来たので入っていいですか？」

さらっと笑顔でそう尋ねる。

「面会時間は平日の午後二時からです」

「仕事の合間に、遠方から来てくれたんです。少しだけでいいので」

「規則ですから」

「そこをなんとか」

「ごめんなさい」

当然のように断られてしまう。が、「八時半になったら谷《たに》先生に連絡取ってみます」と、
思いがけない助け船が出た。

「ラウンジで待ってます」

凛子はそう声をかけ、南たちを誘って廊下を歩いていく。少し離れたところに椅子とテ

ーブルが設置された比較的広い空間があった。有料のコーヒー自販機や、自由に飲めるお茶や白湯《さゆ》の給湯器が置かれている。

「ここで待ってて。私、買い物してくるから」

「あ……すみません」

コンビニに行く途中で呼び止めたことを五十嵐が謝罪すると、凛子はにっこり微笑んで片手を上げて去っていった。

五十嵐が買ってくれたカフェオレを受け取りつつ、南は座り心地がよさそうなソファーに腰かけ、ほっと小さく息をついた。

五十嵐も南の隣に腰かけ、同じように小さく息をついた。

凛子が戻ってから雑談をし、八時半を少し過ぎた頃、看護師が南たちを呼んだ。

「五分だけ許可が出ました。室内では静かにお願いしますね」

そう言ってICUに案内される。

部屋に入った瞬間、南はその空気に気圧《けお》されてしまった。間仕切りなどプライバシーを守るものがない空間に、多くの電子機器が置かれている。ベッドで眠る患者は蒼白で、繰り返される電子音が不安をかき立ててくる。薬剤のにおいと奇妙な静寂——足音すら耳障りになりそうで息が詰まる。

凛子は看護師に会釈してから一番奥のベッドで立ち止まった。

「あ……」

南は思わず声をあげた。ベッドに横になっているのは、精悍《せいかん》な顔つきの男だった。年齢は三十代の後半、ジムに通っていたと聞いた通り、太い首にがっちりとした肩がシーツの上からも見て取れる。

けれど、彼の足は。

南は動揺して五十嵐を見た。

「……事故で、日々警備保障をやめたんだ」

右足は太ももから、左足はふくらはぎから欠損しているのがわかる。どんな事故に巻き込まれたのか、それ以上問うこともはばかられて南は唇を噛んだ。

五十嵐が近づくのを躊躇うように足を止める。かすかに口を開き、ぐっと引き結ぶ。深く息を吸い込み、そして、ようやくベッドの脇へと進んだ。

「――横嶺さん、お久しぶりです」

そっと声をかけながら、五十嵐が眠る横嶺の肩に触れた。

刹那。

横嶺が小さくうめき声をあげ、ゆっくりと身じろいだ。

「え……新《あらた》!? 新、聞こえる!? すみません! 誰か!」

うっすらと横嶺が目を開けた。凛子はぎょっと身を乗り出し、即座に看護師を呼んだ。

「先生に連絡してください!」

奇妙な静寂に包まれていた部屋は瞬く間に騒がしくなった。看護師たちにＩＣＵの外に追いやられた南たちは、呆気にとられて顔を見合わせる。

「な、なんで五十嵐さんが触っただけで……昏睡状態って言ってませんでしたか?」

「……言ってた、けど」

困惑する五十嵐を見て、南は息を呑んだ。

「右手さんが消えてます」

南の指摘に五十嵐ははっと肩に触れ、ＩＣＵのドアを見た。

「右手が横嶺さんに還《かえ》った……?」

「あ、あのまま亡くなったりしないですよね?」

「たぶん」

五十嵐はうなずいてから、ちょっと青くなった。

「かりに住人が魂《たましい》そのものなら、俺の肩に横嶺さんがつかまってたことに……」

「で、ですね」

ひとまず、二人が混じり合わなくてよかった。

南はそっと胸を撫で下ろす。

魂が失われればきっと横嶺は目覚めることができなかったし、なにより五十嵐にどんな弊害《へいがい》が起こっていたか、考えるだけで恐ろしい。

しばらくしたら主治医らしき男がＩＣＵに入っていき、三十分ほどして出てきた。検査のため横嶺はＩＣＵから運ばれ、数時間後、一般病棟へ移されることになった。


同日、午後。

「よ、楽人《らくと》。元気そうだな」

個室に移動したあと改めて会った横嶺新は、精悍な顔つきに似合う豪快な笑顔で五十嵐と南を迎えてくれた。

びくりと五十嵐が肩を揺らす。今にも逃げ出しそうな表情をする五十嵐は、南に気づいて取り繕《つくろ》うように咳《せき》払いした。

恩人なのに、まるで苦手な人を前にするみたいな反応だ。

「も、もう大丈夫なんですか？」

「おお、この通り」

上腕二頭筋の力こぶを披露しながらうなずく。五十嵐の反応が疑問に映るくらい、横嶺はサバサバした性格のようだ。

この人が五十嵐の元パートナー。

南が入社する前、五十嵐とともに仕事をしていた人。

「で、そっちの子は？」

「今年入社した早乙女さんです」

「え。遺失物係に配属された子か⁉　ってことは、お前の後輩⁉　噂《うわさ》の相棒か！」

噂？　と内心で首をかしげつつ南は会釈する。

「は、はじめまして。早乙女南です」

「おー！　うちの楽人がお世話になっております」

ニコニコと手を差し出されたので慌てて握手した。五十嵐の肩にのっていたときにはただひたすら不気味だった右手は、あたたかくて大きくて頼もしい手だった。

「迷惑かけてない？　こいつ、俺がやめてから無茶するようになったって部長が嘆いててさ」

「え。もともとあんな感じじゃないんですか？」

「あんな？」

「いきなり警棒振り回す感じの」

「――いつからそんな乱暴な子になったんだよ、楽人ちゃんは」

ご機嫌で握った手を上下にふる横嶺が、手を放すなり五十嵐をじろりと睨《にら》んだ。

「ご、……合理的に判断した結果で」

「らしくないなあ。だいたいお前は昔から融通が利かなくて……」

こんこんと説教をしはじめる横嶺を見て南は納得した。

ずっと心配していたのだ。

五十嵐が持つ不安定さを、自分のことより他人を優先する行動を。

会社をやめてからも、きっとずっと気にかけていたのだろう。肩をすぼめる五十嵐と、あれこれ文句を言う横嶺、それを嬉しそうに見守る凜子――この関係は恐らく、横嶺が会社にいた頃から続いていたに違いない。

「はあ。説教してたら喉渇いたな。凜子、お茶買ってきてくれ。いつもの」

「いつものって……コンビニまで行かなきゃいけないじゃない」

「悪いな。ついでに楽人たちの飲み物も頼む。おい楽人、ぼやぼやしてないで荷物持ちについていけ」

「え、はい」

なかば強引に命じられ、五十嵐が凜子とともに病室から出ていってしまった。遅れてドアに向かう南を呼び止め、横嶺が椅子に座るようすすめてきた。

「ごめんな。ちょっと話したくてな」

「わ……私と、ですか？」

「楽人のことはどこまで知ってる？」

いきなり踏み込んだ質問をされて南は戸惑った。どこまでと訊かれても、五十嵐のことは仕事上のパートナーで、プライベートなどほとんど知らない。

「卵信者で、普段から体を鍛えてて、わりと猪突猛進《ちょとつもうしん》で、自分のことは二の次で、……異界の住人を、子どもの頃から見ていたってことくらいしか」

ふむふむとうなずいた横嶺が、少しだけ遠い目をした。

「会社に入った経緯は？」

「横嶺さんに引っぱり込まれてバイトして、正社員になったとしか」

「あの野郎、いろいろ端折《はしょ》ったな」

「そうなんですか？」

「――あいつは人と住人の区別がついてなかったんだ。だから周りから奇異の目で見られてた。一つ目の化け物がいても、あいつの中じゃ日常だから、それが異常だと理解できてなかったんだ。まあ、分別がつくようになってからはなんとなくおかしいことにも気づけてたみたいだけどな」

常識がわからないから異常が理解できない。特別な目であるがゆえの苦労を、五十嵐はずっとかかえてきていたのだ。

「俺はたまたま住人が見える眼鏡をしてたから、あいつがなにに反応していたのかわかった。だから声をかけて日々警備保障に引っぱり込んだ。あそこならあの能力が生かせるって思ってな」

「横嶺さんのことを恩人だって言ってました」

五十嵐にとって、それは間違いなく救いの手だったのだろう。自分の日常が他人の非日常であることを理解し、受け入れるきっかけになったのだから。

「……もっといろいろ指導してやるつもりだったんだけどな」

横嶺がシーツの上から足に触れる。

「事故で退職したとうかがいました。怪我はそのときに……？」

不躾とは思いつつ、南は疑問を言葉にする。とたんに横嶺は苦々しく口元を歪めた。

「――人と住人の区別がつかない。あいつにとって住人は人と同じくらいごく自然に接する隣人だった。それが人にとって害になるなんて気づいてもいなかった。だから、いざってときに迷いが生じる。迷えば惨事だ。人の命なんて簡単に巻き込まれる」

惨事の片鱗《へんりん》を知る南は、横嶺の低い口調にぞっとした。住人に悪意はない。ただ存在するだけで害になる。そして彼は、南以上にそれを知っている。

「な……なにが、あったんですか」

問う南に、横嶺が足をさすりながら、ぽつりと返した。

「高級車に執着を持つ住人がいたんだ」

──車。ああ、それなら間違いなく惨事になる。他者を巻き込まずにはいられない。

「散らすべきだった。けど、散らせなかった。それが車と接触して暴走し、楽人に突っ込んでいった」

「五十嵐さんに、ですか?」

「で、結果がこれだ」

ポンッと足を叩く。

「とっさに体が動いたんだ。俺でなきゃ死んでた。まあ、両足と内臓やられてしばらく意識なかったんだけどな」

壮絶な過去を、横嶺はあっけらかんと口にする。まるで昨日食べた食事の感想を伝えるような気軽さで。

「凛子はショックで流産しちまうし、楽人は責任感じて会いにも来ない。まったく、あの時は人生どん底だったよ。退職してはじめてだったんだ、あいつが俺に会いに来たの……いや。違うな。会ってる……そうだ。前に会ってるぞ。どこでだ？」

　自問自答して横嶺がうなる。

　その姿に南は心底驚いた。横嶺が五十嵐に会ったのは一週間前——体調を崩しタクシーで病院に向かっていた最中だろう。とはいえ、彼の反応から意識があったかは怪しい状況だ。そんな状況であるにもかかわらず五十嵐に気づき、彼に憑いた。

　限りなく〝住人〟に近い形で。

　横嶺にとって五十嵐がどれほど気がかりな存在であるのか、その事実だけで実感できてしまう。

「あの時、会えていてよかったです」

　思わずつぶやく南に、横嶺はきょとんとした。

「あの時？」

　死の間際、横嶺を繋《つな》ぎとめたのは偶然再会した五十嵐への〝未練〟だったのだろう。けれどそれを伝えるのはなんとなくはばかられ、

「横嶺さんがバイトに誘ってなかったら、五十嵐さんはきっと就職難民です」

そう誤魔化した。

「適材適所だろ。俺の先見の明《めい》」

ふっふっふっと、横嶺は自慢げだ。

「楽人は昔から危なっかしくて、ついついかまいたくなるんだよな。凛子のほうがよっぽどたくましい」

「わかります。目を離した隙《すき》になにかするんじゃないかと毎日ドキドキです」

全力サポートを買って出ている南がうなずくと、横嶺はぷっと噴き出した。お互い顔を見合わせてひとしきり笑い合った。

五十嵐を会社に引き込み、指針を作り、命懸けで守ってくれた人。

まさに〝恩人〟だ。

「横嶺さんのことがあったから、五十嵐さんはいの一番に警棒を振り回すんですね」

「部長が困ってた。無理やり散らすのは昔から反対してたから。でも、必要なんだよ。被害を大きくしないためにも」

「定期的に部長と連絡を取ってるんですか?」

「というより、泣きつかれてる。五十嵐くんの指導して! って。俺もう会社やめてるし、あいつ会いに来てくれないし……前に会社押しかけたら、絶妙なタイミングで逃げられたんだ。そういうところ、勘がよくて」

目に浮かぶようだ。しかしそれ以前に、恩人に大怪我をさせた後悔からはじまった行動を、五十嵐自身がやめるとは思えない。奇異の目を向けられようが、通報されようが、五十嵐は被害を最小限にとどめることを優先する。

だから南は素直に思いを告げた。

「指導しても無駄だと思います」

「あ、やっぱり？　っていうか、早乙女さん、あいつのことよく理解してるな」

横嶺がちょっと笑って思いがけないことを言った。

「そ……そんなことは」

「ずっとパートナー見つからなかったみたいだけど、君みたいな子に会えて、あいつはラッキーだ」

「そ、そんなことは！」

まだまだサポート力不足を自覚している南は、手放しで褒められ狼狽えた。

「うちの楽人をよろしくお願いします」

「……が、頑張って、サポートさせていただきます」

笑顔で頼まれ、南は顔を赤らめながらうなずいた。あはは、と、軽やかな笑い声が耳朶《じだ》を打つ。事故に遭って、南には想像がつかないほどつらい日々を過ごしてきたはずだ。それでもこうして笑顔を見せてくれる。

「そういえば、眼鏡なしで住人を視認できるんだって？」

「あ、はい。横嶺さんは……」

「できないよ。ああいうのは楽人の専売特許だと思ってた」

横嶺の言葉に南は慌てて訂正を入れる。

「生まれつきじゃないです。呪いの眼鏡のせいです」

そうなのか？　と言わんばかりに横嶺が首をかしげ、質問を追加してきた。

「日常生活に支障は？」

「慣れました」

「おお、すごいな。俺、慣れるまでに二年かかったのに」

「二年!?」

体どころか心も鍛えていそうな横嶺の思いがけない告白に南は仰天した。そんな南の動揺をよそに、横嶺は当時を思い出すように目を閉じた。

「眼鏡かけたりはずしたり、しょっちゅうやってた。夢に住人が出てきてうなされたり、幻聴が聞こえたり、幻視もあったなあ。ちょっとしたノイローゼだったかも」

「……そ……なんですか」

確かにいまだにいろいろ見えて驚くけれど、南の中で住人はすっかり日常で、カテゴリーⅢに移行しない限り大半は安全という認識でスルーしていた。

横嶺は一週間ほどカテゴリーⅡとして五十嵐に憑いていた。

日常的に住人にかかわっていた彼は、きっと普通の人よりずっとあちら側に近い場所にいる。これ以上かかわらせたら彼の平穏を脅《おびや》かしかねない。

「早乙女さんは住人との相性がいいのかな」

横嶺のそんな言葉に、南は思案顔になった。

「呪いの眼鏡は百本あるんですよね？　五十嵐さんや私以外にも裸眼で住人を視認できるようになった人は……」

「俺は聞いたことがない」

横嶺はあっさり答えた。支部に確認をすると言っていた部長からなんの音沙汰もないことを考えると、どうやらこの件は完全に暗礁《あんしょう》に乗り上げたらしい。

「なにはともあれ楽人との相性もバッチリなんだから、俺としては嬉しい限りだ」

ニコニコと告げられた南は、意味深にウインクする横嶺に真っ赤になった。明らかにそういうニュアンスだ。

「わ、私は、五十嵐さんとは、別に、そういう関係じゃ……!!」

身をよじって否定していると危うく椅子から転がり落ちそうになった。そんな絶妙なタイミングで五十嵐たちが帰ってきて、軽々と体を支えられてしまった。「な?」と、横嶺に茶目《ちゃめ》っ気《け》たっぷりに問いかけられ、南はますます赤くなった。

「なによ。なんの話してたの?」

「内緒」

どこか楽しそうに問う凛子に、横嶺も楽しげに答える。

「そうだ、早乙女さん。今度うちに遊びに来ないか? 凛子、菓子作りがうまくてさ。な、いいだろ。いずれ店を持ちたいから、いろんな人の意見聞きたいって言ってただろ」

後半は恋人に対し、少し甘えるようなニュアンスだ。五十嵐を誘い出す口実と気づいたらしい凛子が「ぜひ!」と前のめりで誘ってくる。唐突な展開にオロオロする五十嵐の姿が面白い。付き合いのいい彼のことだから、改めて誘わなくてもすすんでいっしょに来てくれることだろう。

「そういえば、なんで楽人がここにいるんだ?」

「ちょ、なに今ごろそんなこと訊いてるの!」

横嶺の問いに、凛子が弾けるように笑った。笑ってから、凛子も「あれ？」という顔をする。

「なんでコンビニにいたの？」

「――体力作りでランニングをしていて」

五十嵐がちらりと南を見てきた。どこまで話そうか迷っている顔だ。

「私が疲れたって言ったらコンビニに寄ってくれたんです。そこで凛子さんを見かけて」

「あら、よく見たらランニングウエアね。あの時は本当にびっくりしたわ。新が死んだんじゃないかって言われて」

「すみません」

慌てる南を見て横嶺が目を瞬いた。思案するような間に、南はますます慌てた。

「早朝の病院だったから救急搬送されたのかと思って……意識が戻ってよかったです」

言い訳をする南の隣で五十嵐がうなずいている。

「まあそういうことにしとくか」

言及されないことに南はほっとした。もしかしたらなにか勘づいたかもしれないが、横嶺はそれ以上踏み込もうとはしなかった。

南は五十嵐に「すみません」と目礼する。五十嵐も「俺のほうこそ」と言わんばかりに目礼してきた。

「ふーん。なんだ、以心伝心か」

横嶺の茶々に五十嵐が少し慌てる。

「違います」

「――たまには会いに来いよ」

軽い調子で続けて言われ、五十嵐があからさまに狼狽えた。少し泣きそうな顔に見えたのは錯覚か。顔を伏せた五十嵐が「はい」とうなずくと、横嶺は満足げに息をついた。

右手の件も解決したし、五十嵐の個人的な問題も解決――とまではいかないまでも、いいほうに進展した。

南はほっと胸を撫で下ろし、視線を感じて横嶺を見た。

「ど、どうかしましたか？」

「いや……なんだろうな。歪んで見える」

ゴシゴシと目をこすり首をかしげる。

「え、調子が悪いの？　先生呼ぼうか？」

凛子が慌てて横嶺の顔を覗き込んだ。

「ああ、大丈夫だ。心配すんな」

「心配するわよ！」

凛子に叱《しか》られ横嶺が肩をすぼめた。

「楽人と早乙女さんの周りがちょっとモヤモヤして見えたんだ」

「えー。モヤモヤなんてしてないわよ。急に変なこと言い出さないで」

「悪い悪い」

苦笑する横嶺から視線をはずし、南は五十嵐と自分を見比べた。どこにもモヤモヤなんてない。五十嵐も同じく見えなかったようで奇妙な顔をしていた。

横嶺も「気のせいだった」とあっさり取り消した。

「もう見えなくなった」

そうつけ加えて。

第三章　沈黙の声

1

七月某日、梅雨《つゆ》が明けた。

空はどこまでも青く、空気は澄み渡っていた。

しかし、南《みなみ》の心には暗雲が立ちこめていた。

「じゃ、今度の土曜日ね。準備はいい？」

「問題ありません」

「そういうときは〝楽しみにしてます〟って言うのよ！」

「――た、……の、しみに、し、てま、」

「どう聞いても嫌がってるじゃねえか。パワハラ反対ー。権力に訴える上司は滅びろ！」

「根室《ねむろ》くんは黙ってなさい!!」

「山《やま》ちゃん、プライベートな話はプライベートなときにしてもらえるかな。今一応お仕事中だからね？」

身を乗り出しつつ五十嵐《いがらし》を週末デートに誘っているのは山子《やまね》で、すかさず横やりを入れたのはモニタールームの巣ごもりから出てきた根室、そして、やんわり止めに入ったのは部長である。

「……い、五十嵐さんと鳳《おおとり》さんがデート……!?」

やっぱり二人はそういう関係だったのかと、南は愕然《がくぜん》とする。

顔を合わせる時間が長ければ長いほど恋愛に発展する可能性は高くなる。だからオフィスラブなんて言葉が周知されるわけで——。

だが、しかし。

恋愛にまったく興味のなさそうな五十嵐が、山子とデートだなんて。

「南ちゃんも行く?」

「え、いいんですか……って、だめです！　デートに第三者が交じるとか、どんな罰《ばつ》ゲームなんですか!!」

「南ちゃんなら特別に許しちゃう」

「許さないでください！　困ります!!」

なんだろう。泣きそうだ。情けをかけられているのか、それとも遊ばれているのか。おかしな提案をしてくる山子にどんな反応をしていいのかもわからない。

「だいたい、五十嵐さんだって困るじゃないですか」

「……困る、かな?」

「困ってください！」

どうかな？　と首をひねる五十嵐に、南は涙目で訴えた。イチャイチャを見せつけられたらわめいて止めに入ってしまうかもしれない。

「休日潰《つぶ》して登山とかあり得ねえわ。登らなきゃ下りる労力もいらないのに、わざわざ道具そろえて行くとか物好き通り越して変人」

趣味覗《のぞ》き特技覗きという生粋《きっすい》の変態が他人を罵《ののし》っている。

「登山なんて健康的な趣味を変人なんて——え？　登山？」

途中ではっとする。

「登山に行くんですか？　デートじゃなく？」

「やだ、南ちゃんったらなに考えてるのよ！　登山もデートでしょ！」

ニヤニヤ笑いながら言われ、からかわれているのだとすぐに気づいた。

「体力測定代わりに、毎年連れ回されてる」

ぽつりと五十嵐が補足した。

「毎年、登山ですか？」

「そそ。同じ山に登るの。最近は私についてこられるようになったのよね、五十嵐くん。成長したわー。お姉さん嬉《うれ》しい」

「年間行事的な？」

「年間行事的な」

つまり、山子の趣味に五十嵐がなんのかんのと理由をつけ巻き込まれているらしい。

「――登山、ですか」

山子のことだから、きっと本格的な登山を指しているのだろう。風景を楽しみながらのハイキングなどではなく、色気も素っ気もない可能性が高い。

しかし、異性と二人で登山というのは。

「……お、お泊まりですか」

「日帰りよ。もう、南ちゃんったら想像力が豊かなんだから！」

「な、なにも想像してません！」

「いっしょに行っちゃう？」

顔を赤らめて言い返した南は、改めて誘ってくる山子にぐっと唇を嚙《か》んだ。

行きたい。そう思ったけれど、すぐに考え直した。本格的に鍛えているだろう山子たちとともに登山なんてハードルが高すぎる。絶対に足手まといになる。迷惑な後輩だと思われるくらいなら、潔《いさぎよ》くあきらめたほうがマシだ。

「興味はあるんですけど……」

「じゃ、行きましょ」

「でも私、道具とか持ってませんし」

「貸してあげる」

「体力だって……」

「初心者コースだってあるわ」

ここまで言われるとさすがに断りづらい。呆気《あっけ》にとられて成り行きを見守っている五十嵐に、南はとっさに視線を向けた。

「私も行っていいですか？」

「もちろん」

即答されて内心でほっとする。五十嵐が少しでも返事に窮《きゅう》したら、きっと南のほうから断っていただろう。

「はー、物好きー」

根室がだらだら歩きながら遠ざかっていく。

「なに言ってるの、根室くんも来るのよ」

「は⁉　なんで！」

「たまには付き合ってよ」

「嫌だよ！　接待登山とか冗談じゃない！」

「土曜日の朝五時に集合で――」

「聞けよ！」

こうして瞬《またた》く間に休日の予定が埋まっていった。


「南ちゃん、会社終わったらちょっと私の部屋に寄って」

退社前に山子からそう言われ、南はいったん部屋に戻ると着替えをすませ、一〇三号室の呼び鈴を押した。

「いらっしゃい！　じゃあまずウエアから選びましょうか」

ドアを開けた山子はニコニコと南を招き入れる。

「ウエア？」

繰り返しながら玄関を一歩入り、ぎょっと足を止めた。

遺失物係の面々は個性派ぞろいだ。趣味は明確だし、こだわりも強い。そしてどうやら、皆が皆、自分の時間をなにより大事にする性格であるらしい。

根室ならモニターだらけの部屋。

五十嵐なら埋め尽くすたまごグッズ。

そして、登山が趣味の山子の部屋には、大量の登山グッズが、もはや壁一面、お店のディスプレイばりに飾られていた。大小さまざまなリュック、ヘッドライトや方位磁石、ナイフ、熊《くま》避けの鈴、とにかく登山に関連しているだろう品が並んでいる。ハンガーラックには、派手なウエアから地味なウエアまで色とりどりにかかっていた。

「鳳さん、ベッドがないように見えるんですが」

「寝床ならあるじゃない！」

指をさしたのはどう見ても寝袋だ。しかも数種類ある。「毎日変えてるのよ」と、山子がうっとりと報告してくる。

「照明もないように見えるんですが」

まさか、と、内心で続けつつ問うと、案の定、ランタンを指さした。さすがに室内で簡易のコンロは使っていないようだが、調理器具も食器類も、いかにも登山家らしい道具がそろっていた。

「鳳さんは部屋の中でも登頂目指せそうですね」

「テンション上がるでしょ！」

テンションの上げ幅が南と違いすぎてついていけない。しかし山子は、道具の一つひとつが愛《いと》おしくてならないようで、頬《ほお》を紅潮させていた。

「南ちゃんはどんなウエアがいい？　これから趣味ではじめるなら専門店でちゃんと選んだほうがいいけど、一回の登山で全部集めるんじゃ出費がかさんじゃうから今回はレンタルね。ウエアとザック、帽子は私が貸すから、インナーは南ちゃんが用意してね」

「あ……ありがとうございます」

これは正直ありがたかった。

「最近、ランニングシューズ買って、ジムにも入会したので、出費がかさんでて」

「体は鍛えられるときにガンガン鍛えましょ！　筋肉は裏切らないって先人も言ってるし！」

どこかで聞いたフレーズだが、実際使っている人をはじめて見た。

「私のサイズだとちょっと大きめになるから、ところどころバンドで留めるようにして」

んー、と、山子がウエアを選び出す。どのウエアも南が想像していたものよりずっとおしゃれだ。カーキ色の上着や明るいピンク色の上着、カーゴパンツなども普段穿《は》いて町中を歩けるくらい愛らしいチェック柄だった。

何着か床に並べる。紫もいいわねーなんて言いながら、服を組み合わせていく。

「あ、ついでにザックも合わせちゃいましょ」

そう言って、山子はリュックを何種類か出した。

「大きめのリュックに金属がついたものをバックパックとかザックって言うの。日帰りなら二十リットルかしら。ちょっと待ってね」

さっぱり知識のない南に親切に説明しつつ、山子がザックの中に服やペットボトルを次々と詰め込みだした。

「背負ってみて」

言われるままに背負うと想像以上に重かった。これで山道を歩くのかと驚愕していると、山子が腰にある紐《ひも》をつかんだ。

「固定は腰にあるウエストハーネスからね。腰で固定して、ショルダーハーネスを肩甲骨《けんこうこつ》で固定、スタビライザーを引っぱってザックを背中に密着させる。どう?」

山子が順に紐を引くと、ザックの重さが気にならなくなった。

「いいみたいです」

「歩いたり体を傾けたりして、ズレないか確認して」

指示通り体を動かし感心する。ちっともズレないのだ。リュックなんて背中でポンポン弾むものだと思っていたのに、ちゃんと選べばこんなにしっくりと体に馴染《なじ》むらしい。

「旅行者が登山用の大きいリュック背負って歩く意味がわかりました」

「両手使えるし、機動力全然違うわよね」

スーツケースのほうが楽だという認識は改めたほうがよさそうだ。

「じゃあザックはそれで決定ってことで、ウエアはちょっと落ち着いた色目に……」

山子がさくさくとウエアを選ぶ。

「インナーはどんなものを選べばいいですか？」

「速乾は大前提。軽い化繊《かせん》がいいわね。あとは締めつけないスポーツブラとか、登山用のサポート力のあるタイツとか。靴下は──」

慌ててスマホを取り出してメモを取りつつ南はうなずく。

「山って意外と乾燥するから保湿は絶対しなきゃだめよ。それから日焼け止めも用意しておいてね。ヘッドライトや方位磁石、レスキューシートなんかは私のを貸すから」

「ありがとうございます」

方位磁石を借りても使いこなす自信がないのだが、山子が貸すというのだから持っていたほうがいいアイテムに違いない。

「……でも、本当に借りてもいいんですか？」

「みんなでわいわい行ったほうが楽しいじゃないの」

「──いつもは、五十嵐さんと二人っきりなんですよね？」

そんなところに割り込んでいいのだろうか。なんだか多方面でモヤモヤしてしまう。

「もともとは横嶺《よこみね》くんと私と凛子《りんこ》ちゃんで登ってたのよ。五十嵐がバイトに来るようになって引きずり込んで、それが今も続いてるの。あ、その顔。ダブルデートとか思ってる？まあ行けばわかるわ。なかなかいい山よ」

山子はにんまりと笑った。

2

まずは情報収集と、南は登山関連のサイトを読みあさった。心得《こころえ》や注意点などはわかりやすいが、インナーやタイツはおすすめのメーカーがいろいろあって迷ってしまったので、結局、何度か山子に買い物に付き合ってもらうことになった。

そして、土曜日の早朝。

「んー。眠……っ!!」

体力作りを口実に、南はときどき五十嵐のランニングについていくようになった。それでも早朝はやっぱりつらい。しかし、このまま布団に戻るわけにはいかない。

「えっと、保湿と、日焼け止め」

顔を洗ってたっぷりローションを塗って、日焼け止めを二度づけして着替える。人生初の登山だ。経験者が二人もついているのだから大丈夫だとは思うけれど、それでも緊張してしまう。

いざというときの着替えやタオル、山子から借りたおすすめの登山グッズと緊急時に食べるように用意された行動食を詰め込んだザックを背負い、帽子をかぶって玄関に向かう。

実は靴も新調しようと思ったのだが、慣れない靴で登山をすると靴擦れなどのリスクが高くなると止められ、先日買ったランニングシューズで行くことになったのだ。

「これで平気かなあ」

足に負担がかからないよう慎重に選んだ靴とはいえ、ランニングと登山では目的がだいぶ違う。そのせいで不安になってしまう。

南が部屋から出ると、ザックを背負い、紙袋を手にした五十嵐が部屋から出てくるところだった。

「お……おはようございます……!!」

登山ルックだ。いつもシンプルな服装が多いけれど、登山用の服装はポケットが多かったりベストを着ていたりと、なんだかごちゃごちゃしていて格好良く見えてしまった。

「おはようございます」

ぺこりと五十嵐が会釈《えしゃく》してくる。

「服」

「はい」

「鳳さんチョイス？」

「そうです。わかるんですか？」

「なんとなく」

プライベートでもかかわりが深いから、山子の好みもわかるということ——ちょっと、ショックを受けてしまった。

「か、かわいいですよね」

ここで拗《す》ねて空気を悪くしたくない。南はなんとか笑みを作った。

「うん。似合ってる」

さらりと。

本当にさらりと、五十嵐が肯定した。

「——……!!」

まさか間接的に褒められるなんて思わず、不意打ちに南は一瞬で真っ赤になった。

「行こうか」

「え、あ、はい！」

すたすたと歩き出した五十嵐の耳が赤く見えたのは錯覚か。両手で頰を押さえつつ、南は小走りで五十嵐の背を追う。ザックは確かに重いのに、踏み出す足がなんだかいつもよりずっと軽く感じてしまう。

「おはよう、五十嵐、南ちゃん！　今、根室引きずり出してるところ!!」

一階に下りると一〇一号室のドアが開いていて、部屋の中から山子の声がした。本当に根室を巻き込むつもりのようで、モニターの一台にしがみつく甚兵衛《じんべえ》姿《すがた》のイケメンを引き剝《は》がしていた。

「あ、……朝からお疲れ様でーす」

「手伝います」

「おいコラ五十嵐！　ここは俺を助ける場面だろ！」

「甚兵衛で登山は無謀なので、俺が持ってきた服に着替えてください」

「人の話を聞け！」

「サイズはいけると思います」

「聞けって言ってるだろうがぁぁぁ!!」

絶叫する根室が裸に剝《む》かれるのを見て、南は慌ててドアから離れた。なにもそこまでして連れていかなくても、とは思ったが、口を挟むといろいろ面倒なことになりそうなので黙っておく。

五分もしないうちに、登山上級者みたいな服装で根室が部屋から出てきた。

「おはようございます」

にっこり微笑《ほほえ》んであいさつすると睨《にら》まれた。

「薄情者め」

「長いものには巻かれろってことわざが」

南が山子に勝てるはずもなく、根室は盛大に舌打ちして「さっさと行ってさっさと終わらせるぞ」と歩き出した。

早朝、人もまばらな電車に乗って、山子お手製の、梅、昆布《こんぶ》、鮭《しゃけ》の三種をぶちこんだ爆弾おにぎりをいただきつつ移動すること一時間。何度か乗り換えてたどり着いたのは意外と大きな駅だった。登山客らしき服装の人たちがちらほらと降りていく。

「物好きがいるんだな」

根室がうんざりした顔で肩を落とした。協調性もやる気もないのに、ビジュアルだけでイケメンハイカーに化けた男は、いたいけな乙女たちの視線を釘《くぎ》付けにしている。

「本当に物好きがいますよね……中身知ったら絶望しそう」

恋人ができても人間観察を優先する姿が容易に想像でき、南はそっと溜息をついた。

電車を降りてバスに乗り、登山口へと移動する。

大きな看板に登山道の文字がある。近くには小屋があり、人の姿もあった。

「では、本日のコースを配ります」

山子がポケットをごそごそと探り出す。

「基本はこのコースで歩き、もし無理だったら別ルートの指示に従うこと。迷ったら止まる、戻る、無茶はしない。問題が起きたら我慢せず早めに相談。以上が基本ルールです」

紙を渡しつつ山子が語る。ふむふむ、とうなずきながら視線を落とすと〝ハイキングコース〟の文字があった。

「登山じゃないんですか？」

「南ちゃんと五十嵐は、今日は里《さと》歩きよ。ゆっくり自然を楽しんで。ルートは小学生の遠足にも採用される優しい道です」

「ご……ご配慮、痛み入ります」

だから靴はランニングシューズでいいと言ったのかと納得する。ちなみに無理やり連れてこられた根室もランニングシューズだ。

「で、根室は私といっしょに登山にレッツゴー!!」

「なんでだよ!?　この流れなら俺もハイキングだろ！」

「あんたちょっとは体力つけなさいよ。寝たきりの老後を満喫することになるわよ」

「え、でも根室さん、靴がランニングシューズで……」

心配して南が口を挟むと、山子はにっこり微笑んだ。

「フォローはするわ！」

ざっくり適当な言葉が返ってきた。

「怪我《けが》したらどうするんだよ！」

「背負って下山してあげるから心配しないで。さあ行きましょうか。五十嵐、南ちゃん頼んだわよ。根室はさくさく歩く！　山頂でごはん食べられなくなっちゃうわよ」

「冗談だろ、おい！」

首根っこをつかまれて、根室が真っ青になった。華奢《きやしや》に見える山子だがかなり腕力があり、成人男性の抵抗をあっさりと封じて登山道へと足を向けた。

「鳳さん、登山計画書は……」

「提出ずみー」

慌てて声をかける五十嵐に、山子は明るい声で答えた。

「五十嵐！　問題はそこじゃねえだろ!!」

吼《ほ》える根室が山子に引きずられて遠ざかっていく。「じゃあまたあとでね」と、晴れやかに手をふる山子が恐ろしい。

「五十嵐さんもあんな感じで登山をはじめたんですか？」

「おおむねあんな感じ」

勢いで押し切られ、逃げることもできずに今も続いているのが容易に想像できる。たまごグッズでファンシー一色だった部屋に根室に貸せるほど登山道具がしまってあったことに驚くと同時に、五十嵐の付き合いのよさにちょっと和《なご》んだ。

「……ん？　あれ？　じゃあ私、五十嵐さんと二人なんですか？」

改めて確認してドキリとする。

「無理に行かなくても、鳳さんなら気にしないとは思うけど」

「い、行きたくないって意味じゃありません！　ルート、こっちですねっ」

あたふたとルート表を見直し、南は歩き出す。休日の登山デート。まさかの二人きり。ルート表が手汗でよれてしまうのではないかと内心で焦ってしまう。

「――このルートなら、ゆっくり歩いても大丈夫だと思う」

五十嵐に指摘されて南は歩調をゆるめた。

「そうなんですか？」

「小学生の頃に、歩いたことがあるから」

「遠足でも使われるって、鳳さん言ってましたね」

五十嵐が通っていた小学校から近い山なら、遠足に選ばれるのも納得だ。豊かな自然を観察しながらの山歩き。山頂にたどり着いたら、登頂の喜びとともに昼食を頬張る――経費面や情操教育面を考慮しても最適である。小学校側も積極的に取り入れただろう。

「私、高校の修学旅行で沢歩きくらいしか経験してません」

ジャージに着替えてぞろぞろと川べりを歩き、昼食で、小ぶりながらも鮎《あゆ》を食べた。懐かしく思い出しながらハイキングコースへと足を踏み入れる。

新芽がぐんぐん育った森は、明るい緑で包まれていた。重なり合った葉のあいだから透き通るような青い空が見える。

絶好の行楽日和《びより》である。

遊びといったらショッピングや遊園地、映画館なんて人の多いところばかりイメージしていたが、のんびりと山林を散策するのも悪くない。

ニコニコと歩いていると、五十嵐が「あ」と声をあげた。

「気をつけて。山の中はいろんなモノがいるから」

「いるんですか？　って、なんか木にぶら下がって……!?」

明らかによくない動きで左右に揺れているものがいた。

「あのヒトは二十年前からぶら下がってて、あっちに座り込んでるヒトはまだ最近来たばっかりっぽい感じが」

「じ、……自殺の名所ですか、ここ」

青ざめて南が問うと、五十嵐は首を横にふった。

「この山が好きだからとどまってるヒト」

「……好き、だから」

住人は場所と物に強い執着を持つことが多い。たとえ別の場所で亡くなっても、この山に執着があればここにとどまってしまう。

「でも、揺れてるのは、いろいろ違いませんか」

「下ろしてあげたいとは思ってる」

難しいらしく、五十嵐は渋面《じゅうめん》のまま通りすぎた。住人も癒《い》やしを求めているのか、あるいは南が考える以上に山好きだった人が多いのか、それからちらほらとカテゴリーⅠ《ワン》やカテゴリーⅡ《ツー》の住人たちを見かけた。

見慣れているとはいえ、不意打ちで出てくるとさすがに怖い。

「きゃあ！　あそこでなにか動きました！」

「五十嵐さん！　黒いのがまっすぐ近づいてきます！」

「登山道が真っ黒になって歩けません！」

少し歩くといろいろ見えてきて、なかなか前に進めない。そのうえ、いちいち驚いていたせいか疲労もひどい。

三十分歩くと、五十嵐はいったん足を止めた。

「十分くらい休憩しよう。暑かったら服を脱いで、寒かったら着て。行動食はなにを用意してる？　少し摂取したほうがいいかも」

テキパキと指示され、南はよろよろと座り込む。

「疲れました」

三十分しか歩いていないのにすでにくたくただ。山頂まで行けるのか心配になってくるレベルだ。

「もう少し歩くと体も慣れて楽になるから」

五十嵐に励まされ、南はザックを下ろして上着を脱いだ。すうっと冷たい風が熱を奪っていき、上がった息が少し落ち着いた。日焼け止めは休憩毎《ごと》に塗り直したほうがいいと山子が言っていたので手早く塗り、袋詰めにした行動食を取り出す。

「行動食のストックは、チョコレートと飴《あめ》、乾パン、羊羹《ようかん》、あとは鳳さんから分けてもらったぶどう糖なんかです。あ、ビーフジャーキーもあります」

「ビーフジャーキー」

「塩気のあるものも入れておくよう言われて」

ゴミは減らしたほうがいいと言われたので外袋から出し、甘いものとそれ以外でまとめて袋に入れてある。

「じゃあその中から、甘いものを」

「はい」

五十嵐がチョコを食べていたので、南もミルクチョコを口に運んだ。魔法瓶《びん》に入れておいたお茶を飲み、汗が引く前に再び出発する。少し休んだおかげか、さっきまでの疲れは取れて足が軽かった。

ルート表を何度も確認しながら歩く南は、それでもときどきコースからはずれかけて五十嵐に誘導された。

「小学生のときに歩いただけなのに、五十嵐さんのナビって完璧ですね。もしかして、普段から歩いてたりは……」

「してない」

わくわくしながら尋ねるときっぱり否定され、その口調が意外と強くて、南は目を瞬いた。すぐに五十嵐もそれに気づいたようで、ばつが悪そうに小さく息をついた。

「住人たちは入れ替わってるけど、同じヒトも多いんだ」

木は生長するし、風景なんて山に来る時期によってさまざまに変わる。目印にしていたものが撤去されることもあるだろう。子どもの頃の記憶なんてあてにならない——そう思ったが、まさか住人を目印にしているとは思わなかった。

南にはただの黒いもやが、五十嵐には別のモノに見えているのかもしれない。

「……あれって目印に使えるんですね。盲点でした」

思わず感心してつぶやくと、五十嵐がぷっと噴き出した。

「な、なんで笑うんですか」

「普通は気味が悪いって言うところだと思って」

「私にとっても〝日常〟なんです」

いきなり目の前に現れたらびっくりするし、カテゴリーⅢ《スリー》には出会いたくない。けれど、奇妙な〝隣人〟としてなら、南にだって付き合っていけるかもしれない。

「天気がよくて、本当によかったです」

前向きに考えて呑気《のんき》に歩いていたら、一時間もしないうちに雲が広がりはじめた。朝チェックした天気予報には晴れマークしかなかったのに、山の天気は思った以上に変わりやすいらしい。

山頂まで二時間半のコースと記載されていた。ゆっくり歩いているから、もしかしたらもう少し時間がかかるかもしれない。歩くペースを上げたほうがいいだろう。

「雨、降ると思いますか」

「降らない予報だったんだけど」

五十嵐も戸惑い顔だ。

「鳳さんたちも慌ててるかも……あれ？　電波が」

電話をかけようとしたが圏外だった。登山前に調べた情報では〝最近はスマホが使える山が多い〟とあって安心していたのに、どうやらこの山は使えないらしい。

五十嵐にスマホ画面を見せると、彼は驚いたように自分のスマホを取り出した。

「……圏外」

反応が予想と違う。

「ここって、スマホが使えない山じゃないんですか？」

「去年は使えた」

「……基地局が故障してるとか」

なんだろう。このざわざわする感じは。不安というわけではないけれど、すごく嫌な感じがする。

「早く頂上まで行っちゃいましょう！　そこで合流できるんですよね？」

ルートは違うがゴールは同じだ。帰りは登山コースとハイキングコースのちょうど中間を行くことになるが、二時間ほどで登山口に戻れるとルート表に記載されていた。

なんの問題もないハイキングだ。

山子は入念にルートを選んでくれただろうし、同行する五十嵐は過去にハイキングコースを歩いた経験者だ。登山の経験だって、南に比べればはるかに豊富だ。

心配事などあるはずがない。

――そう思っていた。

けれど、認識が甘かった。

この山は南が考える以上に五十嵐とかかわりが深かったのだ。

彼の人生と、そして、南の人生をも左右するほどに。

3

「道がだんだん険しくなってきましたね」

おかしい。

南は明るい声で言いながらも内心で動揺していた。

ほんの五分──否《いな》、三分前までは青空が覗いていたはずだ。それがすでに完全に雲でおおわれ、刻一刻と厚みが増していっている。

空気が湿る。

さわやかだった風に奇妙なぬめりを感じた。

──おかしい。

このまま山頂に向かうのは危険なのではないか。

黙々と歩いていた南は、拓《ひら》けたところでいったん立ち止まった。まるで意図的に切り開いたように、そこだけ樹木がなかったのだ。見ると崖になっている。晴天なら絶景が拝めただろうが、今は雨が降り出しそうな曇天《どんてん》がいっそう近くなるだけだった。

南はスマホを再度確認した。

「圏外」

表示は変わらない。山子はどうしているだろう。すでに山頂にたどり着いたか、あるいは天候を見て下山を開始したか。電話一本で簡単に確認が取れるのが当たり前だったのに、今はなにより難しい。それが歯がゆくてならない。

しかも、五十嵐の歩くペースが少し前から落ちているのだ。

「五十嵐さん、体調が悪いんですか？　どこか怪我をしたとか……少し休憩して、下山しますか？」

重い足取りでようやく追いついてきた五十嵐に、南は心配して声をかける。

五十嵐の顔は蒼白だ。

ただごとではない。

「歩けそうですか？」

歩けるなら下山だ。

けれど、もし歩けなかったら。

南は仕入れたばかりの知識を総動員する。

もし歩けないなら、まず用意するのはレスキューシートだ。体を包んで体温を保持し、次に行動食を食べさせる。お茶はまだあたたかかったから、それを飲んでもらうといいだろう。五十嵐にはここに残ってもらい、南だけ下山して救助を依頼するのだ。

「五十嵐さん？」

呼びかけても返事がない。うつむき気味に南の横を通り過ぎ、ふらふらと崖に近づいていく。ただでさえ不安なのに、そんな五十嵐を見ていたらますます不安が増した。

下山しよう。迷っている場合ではない。少し休んで、すぐにでも来た道を戻ろう。

そう決心して五十嵐に近づいたとき、彼の体が大きく前後に揺れた。

まっすぐ足が前に出る。

まるで、崖に吸い込まれるように。

「五十嵐さん！」

南はとっさに五十嵐の腕をつかんだ。このまま崖から落ちたら大怪我どころではすまない。一瞬見えた岩肌に、ぞっと鳥肌が立った。

両手で五十嵐の腕をつかみ、両足を踏んばって渾身《こんしん》の力を込める。

ずずっと、なにかに引きずられるように体がわずかに前のめりになる。南は腰を落とし、体を反転させて膝《ひざ》をつき、そのまま五十嵐を崖から引き離した。

「……っ……!!」

あまりの動揺に心臓が早鐘《はやがね》を打つ。うまく呼吸ができず、苦しくて大きくあえいだ。背中に背負っていたザックが重いことに気づいたのは、それから一分ほどしてからだ。のろのろと顔を上げ、倒れている五十嵐にようやく気づいてぎょっとした。

「五十嵐さん、大丈夫ですか!?」

崖から落ちないようにすることに必死で、五十嵐の安否が記憶から飛んでいたことに焦る。立ち上がって駆け寄り、さらにぎょっとした。

小さな手のようなものが五十嵐の頭にくっついていたのだ。

手と、そこから伸びる細い腕。狭い肩、大きな頭部、胴体、ひょろりとした足——。

全身が黒いもやになっていて形は定かではない。

それでも、子どもであることがわかる。

「——今、憑《つ》いたの？」

横嶺のときと同じ現象だ。だが、あちらは明確な形を成したカテゴリーⅡで、しかも当人は〝存命〟だった。

今、五十嵐の頭部にへばりついているのはカテゴリーⅠ。本来ならただそこにとどまるだけの無害な存在である。

「あなたが、五十嵐さんを崖から落とそうとしたの？」

住人に尋ねたが返事はなく、五十嵐にへばりついたまま微塵《みじん》も動かない。

今すぐにでも引き剝がしたい。しかし、無理に手を出せば事態が悪化しかねない。

南はもう一度スマホを見る。まだ圏外だ。この状態では誰かに助けを求めることすらできない。

無力すぎて涙が出る。

が、われに返るなり目元をぬぐって五十嵐の肩を揺すった。

「しっかりしてください！　五十嵐さん！　目を開けてください！」

大きな声で呼びかけても反応しない。倒れたときに頭を打ったのかと心配もしたが、前後の様子を考えると、住人が原因の意識障害と考えたほうがしっくりくる。

つまり、なんとかして住人を引き剝がす必要があるということだ。

ただのもやでしかない相手から情報を引き出し、探し物を見つけ、あちらに帰ってもらう。しかも、南一人で。

「うう、五十嵐さん。後生《ごしょう》です。起きてください」

ぐいぐい五十嵐を揺すってみたが、住人といっしょに左右に揺れるだけで相変わらず眉一つ動かさない。

「五十嵐さ……ん……!?」

ぽつりと冷たいものが頰にあたった。反射的に頰を触ると濡《ぬ》れていた。続いてポツポツと肩や腕を叩く水滴に、南は真っ青になった。

雨だ。視界が瞬く間に暗くなっていく。

「レインウエア！　レスキューシート！　ああ、どっち!?」

荷物はザックに入れるとき、山子の指示にしたがってビニールで包んである。だから外が濡れても中身が濡れることはない。だが、体は別だ。雨に濡れれば体温が奪われる。低体温は命にかかわる。保温が最優先だ。

「ザックをはずして……」

わたわたとザックを触っているとルート表が地面に落ちた。これをなくしたら、山道に慣れていない南が無事に下山するなどほぼ不可能になる。慌てて拾うと、水に濡れたせいでインクがにじんで読みづらくなっていた。

なくしても終わり。濡れても終わり。生命線であるルート表をたたんでザックにしまおうとしたとき、地図に小さく〝避難小屋〟と書かれていることに気づいた。

しかも、思った以上に近い。

「五十嵐さん、失礼します！」

自分のザックを下ろし、もたつきながらも五十嵐のザックを無事にはずす。方位磁石を取り出し、慎重に東西南北を確認して地図をくるくる回し方位磁石に合わせる。地図上ではもう少し歩くと北と東に道がわかれ、東に進めば避難小屋にたどり着けるようだった。

避難小屋が実際にあるのか、そして使える状態か。先に行って確認したいところだが、少しずつ強くなる雨足に選択の余地はなく、五十嵐の両腕をつかむとぐっと引っぱった。

五十嵐は細身だ。一般的な男性より体重が軽いに違いない。

そう思ったが、細身でも筋肉質で長身だからやっぱり重かった。意識がないからなお重い。砂袋を引きずっている気分になってくる。

「こ、これ、たどり着けるの……!?」

五十嵐は軽々と南を運んでくれたのに、逆となると簡単にはいかない。一分もしないうちに息が切れ、汗で手が滑りはじめた。

「あった、分かれ道!」

本来なら北に進むべき道を、南は避難小屋がある東へと向かう。ルートを外れたせいか道は草で完全に埋まり、避難小屋の場所すら木々に隠れてわからなくなっていた。

それでも、目をこらすと道らしき境目が見え、南はそれに沿ってがむしゃらに歩いた。五十嵐が重いことや、彼の頭からいっこうに離れようとしない住人のことに気を払うゆとりなど微塵もなかった。

雨に打たれながらも五十嵐を引きずって三分ほど歩くと、ルート表にあった避難小屋らしき古ぼけた建物が見えた。

「よか……きゃっ」

安堵《あんど》に脱力したら手が滑り、とっさに五十嵐の腕をつかみ直した。危うく彼の無防備な体を地面に叩きつけるところだった。気を取り直して最後の力をふりしぼり、なんとか避難小屋までたどり着く。緊急の避難場所であるため鍵もなく、すんなりと小屋の中に入ることができた。

五十嵐から手を放し、南はその場にへたり込んだ。汗と雨で服がぐっしょり濡れている。早く着替えなければならないが、それにはまず、ザックを取りに戻る必要がある。

ちらりと五十嵐を見た。

頭に住人をくっつけたまま、身じろぎ一つしない。

「コドモさんにも変化なし、と」

小さい住人なので〝コドモ〟と呼ぶことにして、南はよろよろと立ち上がった。

どうせ濡れるのだから、と、帽子を取り、ウエアやシャツを脱いで大きく一つ息を吸い込んだ。


二人分のザックを運ぶのはなかなかの重労働だった。二ついっしょに運ぼうと思ったが、五十嵐の荷物は南のものよりずっと重く、結局一つずつ、二往復することになったのだ。その間、雷は鳴り出すわ、濡れた草に足を取られて転倒するわでさんざんだった。

ザックを二つ小屋に運び入れたときには、泥と雨でぐちゃぐちゃだった。

「さ、寒……!!」

下着までずぶ濡れ、なんてかわいい状態ではない。体の芯まで凍《こご》えていた。梅雨が明けたとはいえ雨が降れば寒い日もあるし、ましてやここは山中だ。いつもより標高が高いぶん気温だって低くなる。

南は自分のザックを開け、タオルを取り出した。

「五十嵐さん、失礼します」

声をかけて服に触れる。ファスナーを下ろそうとして、一瞬、躊躇《ためら》ってしまった。

「落ち着いて。体温が下がったら大変なんだから。これは必要な措置！　そう。五十嵐さんのためにしてるんだから！」

異性の服を脱がせるなんてそんな破廉恥《はれんち》なマネ――なんて考えたら心臓が跳ねた。

南は顔をそむけつつファスナーを下ろし、悪戦苦闘しながらウエアを脱がせる。登山の基本は体温調整である。だから重ね着をして、暑ければ脱ぐ、寒ければ着る、という具合に天候や状況によって調整するのだ。当然、五十嵐もその基本にそって重ね着をしている。よって、ゴロゴロ転がしながら濡れている服を脱がせるのに、思った以上に時間と体力を消費してしまった。

「男の人って本当に重い……っ」

ぜーはーと肩で息をしてからわれに返ってタオルをつかみ、改めて五十嵐に向き直った。刹那《せつな》、滑らかな肌を前に再び狼狽《うろた》えてしまった。

「見なければいいのよ！　こんな非常時にいちいちドキドキしちゃだめ!!」

ぎゅっと目をつぶり、ここは手、ここは肩、ここは首、ここは胸、なんて思いながら拭いていたら、よけいに意識してしまって心臓がバクバクしてきた。

もっと異性に免疫《めんえき》をつけておくべきだった。南は心底後悔した。

「ザック、失礼します」

息も絶え絶えに五十嵐のザックを開け、着替えを探す。行動食やペットボトル入りの水などを順に出していくと、携帯用のコンロや食器、ソーセージや肉類、カット野菜、調味料など、南が持ってきたものとは明らかに毛色の違う品々が出てきた。食器は二人分、カップも二人分用意されている。

「……これ……」

山子のことだから、事前に五十嵐に細かいスケジュールを伝えていただろう。だから二人分というのは、五十嵐と南のぶんである可能性が高くて。

なんだろう、このムズムズする感じは。

ごしごしと顔をこすり、南はさらにザックの中の荷物を出していく。そして、底に近い場所からようやく着替えを取り出した。

ゆっくりと息を吐き出し、五十嵐に向き直る。脱がせたときとは逆の手順で服を着せ、ズボンに手をかける。

「失礼しますっ」

もうここまできたら腹をくくるしかない。とはいえ、恥じらいを捨てても下着はさすがに手が出せなくて、内心で「やっぱりボクサーパンツなんだ！」と絶叫しつつ顔をそむけたまま足を拭き、ズボンを穿《は》かせて胸を撫《な》で下ろした。

五十嵐の体に乾いたタオルをかぶせ、レスキューシートで包んでほっと息をつく。

ひとまず南ができることは終わった。安堵して床に座り込んだ直後、寒気が押し寄せてきた。慌ててインナーに手を伸ばし、ちらりと五十嵐を盗み見る。こんなときまで変に意識してしまう自分を恥じつつも、着替えとタオルを手に部屋の隅《すみ》まで移動し、こそこそと服を脱ぎ、可能な限り高速で体を拭いて着替えをすませた。きっと、過去最短だ。濡れた髪をタオルで包み、五十嵐に近づく。

「……か、髪も拭いたほうがいい、とは、思うんだけど……」

髪が濡れているまま放置していたら、着替えさせた意味がない。しかし、コドモが頭にいて拭きづらい。南は新しいタオルを手にじりじりと五十嵐に近づく。

「…………？」

形すら曖昧《あいまい》な住人に〝見られている〟と感じてたじろいだ南は、緊張しすぎだと自分を窘《たしな》め室内を見回した。トイレらしきものは外にあり、室内には壊れた温度計となにに使うのかわからない火かき棒、小さなスコップがあるだけだった。

南は火かき棒に近づいた。

「……散らせば、五十嵐さんの意識が戻るかも」

そうだ。いつも五十嵐が使っている方法だ。雨に濡れた体をなんとかしなければと必死で、基本的なことを忘れていた。

タオルの代わりに火かき棒をつかみ、慌てて手を放した。

これで、かつて〝人〟であったものを殴る――そう考えただけでひるんでしまった。住人が子どもかもしれない、そう思うとますます抵抗感が強くなる。

火かき棒は無理だ。だが、タオルなら。

「あ、あなたにもいろいろ事情があるかもしれないけど！　今は五十嵐さんの体調が最優先です！　文句はあとで聞きます！」

南はタオルの端を持ち、コドモに向かって振り回した。衝撃で散らせるならこれでもいけるはず、そう思ったのだ。

タオルの先っぽがコドモの頭部にあたり、ふわりとゆらいだ。これで五十嵐の意識が戻るかと期待したが、コドモは即座に元通りになり、いっそう五十嵐にしがみついてしまったのだ。

「やっぱり無理でした！　五十嵐さんごめんなさい！」

本来、カテゴリーⅠは安全な観察対象である。カテゴリーⅢのように触ったら意識を失うなんてことはないはずだ。散らすのをあきらめ、タオルを広げ直接触らないよう注意しながら「えいっ」と五十嵐の頭にかぶせた。

ぶわっと黒いもやが広がる。

顔をそむけつつ五十嵐の髪をわしゃわしゃと拭いていると、うっかり黒いもやを吸い、咳《せ》き込んでしまった。

「い、五十嵐さん！　これ吸っても大丈夫なやつですか!?　だめなやつですか!?」

叫びながら髪を拭き終え、ちょっと離れたところで深呼吸する。

息苦しさはない。胸が痛いということもない。咳《せき》といっしょに出てくれたことを祈りつつ時間を確認しようとスマホを取り出し、南は小さく声をあげた。

「圏外表示が消えてる！」

履歴から山子の番号に電話した。

「も、もしもし、鳳さん!? 無事ですか!?」

コール音が途切れた直後、南は前のめりでそう訊《き》いていた。

『南ちゃん!? よかった! 何度も電話したのに繋《つな》がらなくて焦ったわ〜。そっちは大丈夫? 私と根室は山小屋に避難してるの』

山子の言葉に、とっさにルート表を開く。びしょびしょで印刷もだいぶぼやけているが、登山コースの途中に山小屋の表示がある。規模からして、登山客用の休憩所になっているらしい。

「私は避難小屋にいます」

『え? なに? ごめん、ちょっと雑音が……』

急に山子の声が遠くなった。

「きゅ、救助要請を――」

バリバリと激しい雷鳴とともに視界が真っ白に染まる。南は全身を強《こわ》ばらせ、「ひっ」と喉《のど》の奥で悲鳴をあげた。床が揺れている。近くに雷が落ちたのかもしれない。

こんなときに救助要請を出してもすぐには動けないだろう。

そもそも山子も避難している最中だ。

「カテゴリーIに取り憑かれて五十嵐さんの意識がありません。指示をお願いします」

『え？　住人がいるの？　ごめん、なんだろう。電波が……』

山子の声がますます遠くなる。

「部長に連絡してください！」

訴えた直後、ぷつんと通話が途切れた。

電話をかけ直そうとしたが、再び圏外の表示が出ていた。山子にどこまで状況が伝わったのか怪しいが、これでは補足のしようもない。

「あれ？　鳳さんからも電話をかけてくれてたってことは……」

事前に登山計画書を出すほど用意のいい山子が基地局のトラブルに気づかないとは考えづらい。それに、基地局が壊れているのなら通話自体不可能だろう。

電波や機械系のトラブルではないのなら。

今この時点で一番高い可能性は――。

「……機械に干渉する住人もいるって部長が言ってた」

そう。住人がかかわっているのなら、状況によって通話できなくなるのも納得なのだ。

もし狭い範囲にだけ影響するのであれば、そこから離れればスマホが使えるかもしれない。

腰を浮かせた南は、雷鳴に再び座り込んだ。悪天候の中、小屋を出るのは危険すぎる。

せめて雷が遠ざかるまで待つべきだ。

「カテゴリーIは無害なはずなのに全然話と違わない!?　五十嵐さんから剝がしたら、雷がやんで空が晴れて、スマホが使えるようになって五十嵐さんの意識が戻るとか、そういう奇跡が起きたりは……」

愚痴《ぐち》りながら五十嵐へと視線を戻し、南はぎょっとした。いつの間にかもやが広がって、彼の頭を包み込もうとしていたのだ。

「い、五十嵐さん！」

住人が五十嵐の体の中に入ろうとしている。

南は反射的に駆け寄って黒いもやに手を伸ばした。

直接つかんだそれは、奇妙なことに生《なま》あたたかかった。

次の瞬間、ぷつりと音をたてて視界が暗転した。

4

闇《やみ》の中に少年が立っていた。

くっきりとした顔立ちの少年だった。四歳になったばかりの彼は、自分より小さな子どもが大好きだった。見つけるとそばに行き、「かわいい、かわいい」と褒めそやす。小さくてぷにぷにの手も、よく動く表情も、なにもかもがお気に入りだった。

「優流《すぐる》は今度、お兄ちゃんになるんだよ」

ある日、お父さんがそう言った。

「本当？　ぼく、いいお兄ちゃんになるよ！」

嬉しくて毎日毎日飛び跳ねていた。大好きだった保育園より、お母さんのそばにいることのほうが好きになった。

「優流くんは本当に物覚えがよくて。絵本を全部一人で読めたらお家《うち》に帰ってもいいかって訊いてきたんですよ。駆けっこも一番だし、お片付けも上手だし……」

保育士はいつでも彼を手放しで褒めた。保育園にあるオモチャは一通り遊び、すべて理解していた。だからちょっと飽きてもいた。

「お母さん、赤ちゃんいつ生まれるの？　ぼく、まだお兄ちゃんになれないの？」

大きくなるお腹《なか》に話しかけて、早く出てくるように催促した。

待ち遠しくて待ち遠しくて、明日が遠くて、赤ちゃんに嫌われているのではないかと心配になるほどだった。

〝予定日〟を少し過ぎた頃、お母さんが苦しみだして、お父さんといっしょに病院に行った。

彼はわくわくした。やっと赤ちゃんに会えると思うと、飛び上がるほど嬉しかった。

けれど、赤ちゃんにはなかなか会えなかった。

「難産なんだ」

お父さんはつらそうに言って、彼を祖父母に預けた。いっしょにいたいとお願いしたのに、お父さんは「いいよ」とは言ってくれなかった。

悲しかった。

一番に赤ちゃんに会いたかったのに、会えなくなってしまったのだ。

悲しむ少年を見て、おじいちゃんもおばあちゃんも「優しい子だ」と彼を慰《なぐさ》め、彼がねだると車を出して長い時間をかけ病院に連れていってくれた。

彼が赤ちゃんに会えたのは、それから二日後だった。

真っ赤な顔をした小さな弟。胸がドキドキした。ぼくの弟だ。ぼくだけの弟だ。そう思うと、世界中を手に入れたような気分になった。

「かわいい！　かわいい！　お母さん、がんばったねえ！」

少年はお母さんをめいっぱい褒めた。「この子ったら」と、お母さんは嬉しそうに目尻を下げて少年の頭を優しく撫でた。

弟の名前は〝楽人《らくと》〟に決まった。楽しい人生を送ってほしい、そんな願いからつけられた名前だった。

「いがらし、すぐる。いがらし、らくと」

自分の名前と弟の名前を口にして、少年――優流はニコニコと笑った。保育園から急いで帰り、ベビーベッドを覗き込む。そんな幸せな毎日が続いた。泣いて眠ってまた泣いて、弟の生活はそんなことの繰り返しだったけれど、優流はちっとも飽きなかった。真夜中に泣いていれば、眠い目をこすりながら優流があやすことさえあった。

「ねえ、楽人の目がキラキラしてる」

「優流も気づいた？　なにかしらね、その色。病気じゃないといいんだけど」

「せんせいに、みてもらった？」

「先生は大丈夫って」

「じゃあだいじょうぶ！」

弟を助けてくれた先生が「大丈夫」と言ったのだから問題ない。優流が力強くうなずくと、ちょっと不安そうにしていたお母さんも「そうね」とうなずいた。

「えへへ。おにいちゃんだよ。楽人、今日もいい子にしてた？」

「優流は楽人が大好きねえ」

お母さんが呆《あき》れ気味に言った。

「うん。大好きだよ！　だってぼくの弟だもん！　今日ね、先生に新しい絵本を読んでもらったの。楽人にも、ぼくが読んであげるの！」

目を輝かせて優流はお母さんに宣言した。「優流はいいお兄ちゃんね」そうお母さんに言われて「えっへん」と胸を張った。

――弟が他の子と違うことに気がついたのは、弟が保育園に入ってからだった。

もともとなにもない場所をじっと見つめる子どもだった。

「誰もいないところに向かって話しかけたって、先生が言ってたのよ」

「ほら、あれだろ。架空の友だちを作って遊ぶっていう」

「イマジナリーフレンド？　先生も心配ないって言ってたんだけど不安で……楽人は難産だったでしょ。生まれたとき呼吸も心臓も止まってて、死産だって診断が出たくらいで」

「でも、息を吹き返したじゃないか。産院の処置がよかったんだ。今は元気だし」

「――死んでたのよ、あの子」

「仮死状態だったんだって。普通に育ってるよ」

お父さんが明るく言ったけれど、お母さんはちょっと不満そうだった。

楽人はあんなにもかわいいのになにが気に入らないのだろう。優流は不機嫌になる。それから優流はますます弟をかわいがった。泣いていたら飛んでいき、困っていたら手を差し伸べる。世界一頼りになる、世界一格好いいお兄ちゃんになろうと頑張った。

優流が五年生になると、楽人が小学校に入学してきた。

「優流くんは勉強も運動もできてすごいよね！」

完璧なお兄ちゃんを目指す優流は、どんなことにも妥協《だきょう》しなかった。授業中は率先して手を挙げ、予習復習だって完璧で、テストはいつだって満点だ。もともと体を動かすことが好きで足も速かったから体育も得意だった。その上、弟の模範になるよう行儀よくしていたから、女の子たちからとにかくモテた。クラスの女の子はもちろん、年上の子や年下の子、知らない学校の子からもバレンタインチョコをたくさんもらった。

「優流はお母さんの自慢よ」

お母さんは鼻高々だ。けれど、すべての努力は弟のため。お母さんに褒められるより、弟に好かれるほうが嬉しかった。

「それに比べて楽人は……」

「楽人は楽人だよ、お母さん」

「そ、そうね」

お母さんはときどき優流と弟を比べるようになっていた。同じところをじっと見る、いきなり叫ぶ、走り出す、大きな独り言を言う——弟のそんな行動の数々は、お母さんにとってはひどく怖いもののようだった。

一体なにが見えているのだろう。

優流は不思議でならなかった。弟は自分と違うものが見えているのではないか。そんな疑問を抱いたが、弟に尋ねてももじもじするだけでちっとも話してくれない。だから優流は、弟の行動を見てはその理由を推し量ることしかできなかった。

楽人にしか見えない世界がある。

いつかその世界に触れ、苦痛を分かち合えればいい。優流はそう思っていた。

学年が一つ上がり、優流は六年生に、楽人は二年生になった。

その頃には、楽人はいじめっ子に目をつけられ、日常的にいじめられるようになっていた。けれど家族には「転んだ」としか言わなかった。教科書が濡れても「池に落ちた」と言い、ボロボロのランドセルも「落とした」と言う。靴がなくなり上履きで帰ってきたときは「間違えて捨てた」と、かたくなに言いはった。

両親は困ったように様子を見ていたが、優流はすぐに動いた。かわいい弟をいじめるやつを懲《こ》らしめようと息巻いて、ほどなくして犯人を突き止めた。弟と同じクラスの男子で、体が大きなボス格の少年とその少年にくっついて歩いている双子だった。

「ぼくの弟をいじめるな」

「そいつがおかしいんだろ！　気持ち悪いんだよ！　登校させるなよ！」

「ぼくの弟はおかしくなんてない」

「誰もいないところでしゃべってるんだぞ！　幽霊が見えてるんだ！　呪われてるんだ！　知ってるんだぞ！　いつか、取り殺されるんだ！」

「そうだそうだ！」

「呪われてるんだ！」

　ボスの言葉に双子は興奮していた。弟は怯《おび》えて小さくなり、優流は腹が立って仕方がなかった。

　弟は確かに人とは違うものが見えている。

　けれどそれを、この三人に批難される筋合いはないはずだ。

「だったらなに？　ぼくの弟をいじめるなら、カクゴはできてるんだよね？」

「カクゴってなんだよ！」

　──しまった。なにも考えてなかった。腕を組んで思案していると、ボスが「今日は許してやる！」と、勝手に場を収めて去っていってしまった。双子もボスについて逃げていき、優流と弟だけが残された。

「楽人、怪我してる。あいつらにやられたの？」

膝小僧をすりむいている弟に驚いて声をあげたが、弟は「転んだ」と返すだけだった。

弟を守らなければ。

それはお兄ちゃんの役目だ。

優流は弟にべったりついて歩くようになった。

――優流は知らなかったのだ。

奇行だけでも奇異の目を向けられていた〝出来損ないの弟〟が、〝完璧で誰からも愛される兄〟に守られますます孤立していくことに。

弟はつねに優秀で優しい兄と比べられることになった。積み重なった善意は毒にしかならず、弟を苦しめていった。

「楽人、次の遠足はいっしょに行こう！」

よもやま小学校は、二年に一回、ハイキングに行く。弟ははじめてのハイキングだ。お兄ちゃんとして、いいところが見せたかった。

「だめよ、優流。ハイキングは学年別でしょ。六年生と二年生はいっしょに登れないの」

「えー。ぼく、道覚えてるよ。ぼくが楽人を案内する」

「わがまま言わないの」

「……わかった」

しゅんと肩をすぼめて優流はうなずいた。ハイキングは楽しい。きっと、弟と行けばもっと楽しくなる。けれど、お母さんはだめだと言う。名案を否定されてしまい、優流はがっかりした。

それでも、ハイキングの日はわくわくした。弟とおそろいのリュックの中には、おそろいのお弁当が入っている。山頂でいっしょに食べようと、密かに思っていた。

「五十嵐くん、こっちこっち！」

「優流くん、見て！　変な花が咲いてる！」

「優流くんってば！」

——優流はモテるのだ。茶化すどころか「またやってるよ」と男子が呆れる程度には認知され、受け入れられるほどに。

優流はそれらをいつも通り軽く受け流し、笑顔を浮かべた。

周りは同じ六年生ばかり。一年生がはじめに歩き、次が二年生——弟は、ずっと前に同じ道を歩いたはずだ。花を見て、空をあおぎ、木漏れ日に目を細めたに違いない。

弟が見ただろう景色を、今、自分も見ている。そう思うとそれだけで嬉しくなった。早く山頂でいっしょにお弁当が食べたい。家に帰って遠足の話がしたい。いつも暗く沈んだ弟の顔も、今日はきっと晴れ晴れと輝いているはずだ。

——そう、思っていた。

ハイキングにはいくつかのコースがある。

今日のコースは二年前とは違う、山中を歩く少し大変な道だった。

右の道を歩けば今日のコース。左の道を歩けば二年前のコース。優流はなぜか、左側のコースに行かなければならない気がして、みんながおしゃべりに夢中なすきを見計らい、こっそりと左の道に入っていった。

「まっすぐ行くと、写真スポットがあって」

そこだけ木が少なくて、景色がきれいに撮れる場所だ。ちょうど崖になっているから、天気がよければ尾根《おね》の緑と空の青が絵画みたいに鮮やかに見える。

「そこからなら、山頂までの時間は……」

ルートを外れれば、きっと先生に叱《しか》られるだろう。だが、点呼の前にうまく合流できたらバレないはずだ。優流は胸騒ぎに急ぎ足で歩いた。

人の声がかすかに聞こえたのは、予定のルートからだいぶ外れたとき——〝写真スポット〟のあたりだった。

「落ちろ！　落ちろ！　いいからさっさと落ちろよ！」

苛立《いらだ》つ声は二年生のボスのもの。

「そうだそうだ！」

「早くしろよ！」

はやし立てるのは双子のもの。

なんだか嫌な予感がして優流は走り出していた。背中でリュックが弾んで走りづらい。草や石が邪魔をして何度も転びそうになった。それでも懸命に走った。走らなければならないと、そう思った。

手を伸ばし、枝を払う。

「なにしてるんだ！」

目の前の光景を見るなり優流は怒鳴っていた。

拓けた撮影スポット。ハイキングをする人たちが足を止めてカメラを構える場所。二年前、優流も美しい景色に目を奪われた崖──そこで、誰よりも大事な弟が、地面に体をくっつけ両手で頭を守るようにして丸くなっていた。

弟の周りにはボスと双子がいて、代わる代わる弟を蹴っていた。

崖に向かって。

三人は、弟を崖から落とそうと躍起《やっき》になっていたのだ。

「邪魔すんな！」

ボスが吼え、弟をいっそう強く蹴った。弟の体は一瞬浮き上がり、転がって、崖の間際まで移動した。

「やめろ!　なにしてるんだよ!!」

驚きに止まった足を、優流は慌てて動かした。

「そいつを止めろ!」

ボスが双子に命令する。ボスは弟を崖から落としたくてたまらないらしく、顔を真っ赤にして足を大きく振り上げ、「落ちろ!　落ちろ!」と繰り返し蹴っている。

「やめろって言ってるだろ!」

両手を広げて走ってくる双子を軽々とよけ、優流は弟を助けようと崖に近づいた。

「お兄ちゃん」

弟が顔を上げた。体が一瞬、無防備になった。

「楽人!」

誰より大事な弟。ちょっと変わっているけれど、引っ込み思案で臆病《おくびょう》だけど、なんにでも一生懸命で、嫌なこともじっと我慢してしまう心優しいたった一人の兄弟。

そんな大切な弟の体が、蹴られた反動で崖に向かって大きく傾いた。驚喜するボスの顔が一瞬だけ見えた。

身を乗り出し優流はぎりぎりのところで弟の腕をつかみ、ほっと安堵した。

だが、弟の小さな体は思った以上に重かった。弟を支えきれず、優流の体まで崖に吸い込まれるように落ちていく。

とっさに腕を引き、足を踏んばった。

ところどころ突き出した岩肌に、針のように尖《とが》ったたくさんの木の枝。落ちたらきっとひどい怪我を負ってしまう。

だから、ありったけの力で弟の体を引っぱって——そして。

「お兄ちゃん……!!」

「あ」

体がふわりと浮いたと思ったら、あっという間に弟と崖が遠ざかっていった。背中に風の膜ができたみたいだ。耳の奥で風がごうごうと渦《うず》を巻いている。

「楽人」

弟が崖の上から身を乗り出している。つかめるはずがないのに、必死で手を伸ばしてくれている。それが嬉しくて、優流も右手を伸ばした。

ゴッと頭の奥で鈍い音がした。

目の前が赤く染まる。

痛いと思った次の瞬間、今度は目の前が真っ暗になった。

《あれ？　ぼく、どうしたんだっけ？》

目を開けたら、変な場所に迷い込んでいた。

春に行ったお花見の屋台みたいだった。たくさん咲いた薄紅色《うすべに》の花もお花見を思い出させる。けれど違う点もあった。木がうねうねと動いているのだ。枝から離れた花びらは、ふわふわと宙をただよってからまた枝に戻り、気まぐれに枝から離れて再び舞った。煌々《こうこう》と揺れる提灯《ちょうちん》は気ままに跳ね回り、顔のない大男が花を愛《め》でながら杯《さかずき》を傾ける。目がたくさんある女の人や、大きなインコを抱きしめた人、二本足で歩く犬、血のように赤い一輪の花、液体みたいに透き通った人――おおよそ〝人間〟とは呼べないモノたちが、通りを埋め尽くしている。

《……そうだ。楽人のところに戻らなきゃ。きっと心配してる》

せっかく伸ばしてくれた手をつかみ損ねてしまった。お兄ちゃん失格だ。しっかり謝って、次はちゃんとつかもう。そう思う。

けれど、どうやって戻っていいのかわからない。

《戻らなきゃ。ちゃんと戻らなきゃ。楽人が心配しちゃう。お父さんだって、お母さんだって、きっと今ごろ、ぼくのことを捜してる》

どこかに交番があるはずだ。困ったときにはお巡りさんに相談するように、先生からも言われている。しかし、変な生き物を売っている店はあっても、交番らしき建物がない。

《すみません！　交番はどこにありますか？　ぼく、家に帰りたいんです！》

近くにいる蛇《へび》のお化けに声をかけた。人ほどの大きさがある、青い着物を着た大蛇《だいじゃ》だ。金色の目に縦に裂けた瞳孔《どうこう》がぎょろりと優流を見た。

《あらあら坊や、もうお家には帰れないわよ》

男の人かと思ったら、女の人の声だった。

《ここはあちらとは別の世界だからね》

隣を歩いていた包装紙がくしゃくしゃと歪《ゆが》みながら教えてくれる。別の世界。よくわからない。漫画に出てくる〝異世界〟というものだろうか。

《帰らないと、みんなが心配するんです》

必死になって優流が訴えた。

《世界が違うの。場所も違うの。時間も違うの。ここに迷い込んだら、よほどのことがない限り出られなくなってしまうの》

大蛇は言う。
《じゃあ、みんなはここに集まってなにをしてるんですか》
《消えるのを待っているのよ》
《――消える？　みんな？　ぼくも消えるんですか？》
《そう。記憶も未練も、なにもかもなくして消えるのを待っているの》
《ぼくは消えたくありません。ぼくには、まだ――》
やることがある。そうだ。やらなきゃいけないことがある。だから消えるわけにはいかない。
雷に打たれたように、優流はそう確信した。
そのためにここにいるのだと。
彼のために。彼らのために。ここに来る必要があった。
《――来た》
ふっと顔を上げる。濃い青みがかった空間は、金や緑といった色が複雑に混じり合って波打つように動いている。まるで弟の瞳みたいだ。刻一刻と移りゆく色の洪水――その中に、小さな光が現れた。光は一瞬で大きくなり、世界を照らしだした。
さながら太陽のように。

《命だ！　生き物だ!!》
枯れ枝が光を指さす。みんながいっせいに宙をあおいだ。どよめきが空気を埋める。
《寄越せ！　アレは俺のモノだ!!》
《あたしが先に見つけたのよ！》
《違う！　自分が先に見つけたんだ！　アレを食う権利は自分にある！》
みんなが光に向かっていっせいに手を伸ばした。人のように歩き回っていた猫も、歌う花も、飛び跳ねていた傘も、大きな目玉も、服の集団も、みんながみんな、光をほしがっている。自分に欠けている部分を埋めるために、それが必要だと思い込んでいる。
《だめ。あれは、ぼくの弟だ》
地面を蹴るとふわりと体が浮き上がった。
《楽人、どうしてこんなところに来ちゃったの？　ぼくといっしょに落ちちゃった？》
崖の上にいた弟は、もしかしたら身を乗り出しすぎたのかもしれない。
優流は両手でしっかり光をつかむ。すると光は変化し、体を丸めて眠る赤ちゃんになった。柔らかくてあたたかい、剝き出しの命――強く力を込めたら簡単に壊れてしまうに違いない。
《寄越せ！》

《独り占めなんてずるいぞ!》

足下で異形の者たちが騒いでいる。カラスに人の顔をくっつけた異形が優流から弟を奪おうとすごい勢いで飛んできた。真っ赤になったクラゲまで宙を泳いでくる。

《あげないよ。ぼくの弟だって言ってるじゃないか》

優流は唇を尖らせた。だが、カラス人間は思った以上に動きが速く、足を伸ばして絡みつこうとするクラゲに気を取られていた優流に捨て身でぶつかってきた。

「あ……っ」

弟の体がカラス人間に崩された。ギャッギャッと喜びの声をあげ弟の一部を飲み込むカラス人間を見て、足下で蠢《うごめ》いていた異形たちが興奮し、折り重なって近づいてきた。

このままではいずれ彼らにすべて奪われてしまう。ズタズタに引き裂かれる弟の姿を想像し、優流は自然に——まるでそうすることが当たり前であるかのように、自分の顔に触れた。

カラス人間に奪われたのは、ちょうど右目の辺りだ。

優流は指先にぐっと力を込め、肉と眼球のあいだに指を差し込む。

きっと、体があったら痛くてたまらないだろう行為だった。

《楽人にあげる》

抜き取った眼球を、優流は弟の体の中に埋め込んだ。

《……あ……》

そのとき、ようやく気がついた。

弟は崖から落ちたのではない。今ここにいるのはそれよりずっと以前の弟――出会う前の、まだ名前すらない弟だ。

弟は生まれたとき、息をしていなかった。

死産だと言われたのだ。

息を吹き返した弟は〝楽人〟という名を与えられた。

《ぼくのところに来てくれてありがとう、楽人。ぼく、いいお兄ちゃんだったかな》

ここで優流が目をあげたから、弟は生まれつき〝お化け〟が見えるようになってしまったのだ。そのせいで、たくさん嫌な思いをしたに違いない。

このことを知ったら嫌われてしまうかも――そう気づいてショックを受けた。

恐る恐る手を放すと、弟は再び光の玉になり、ふわりと優流の周りをただよったあと、ゆっくり上昇していった。

優流が右目を与えると、もうそれは〝命〟でも〝生き物〟でもなくなってしまうらしい。異形たちは、あっという間に弟から興味をなくし平静を取り戻した。

まった。

《楽人は一人で戻れるよね？　お兄ちゃん、まだやることがあるんだ》

声をかけると光はくるくると円を描きながら急上昇し、小さな光の粒になって消えてしまった。

優流はほっと息をつき、辺りを見回す。

世界が違い、場所が違い、時間が違う。迷い込んだら出られない場所。

大蛇はそう言っていた。だが、出られる者もいる。まだ死んでいない人間だ。誤って入り込んだだけなら、彼らにつかまらなければもとの場所に戻してあげることができる。

《──早く見つけてあげないと》

優流はふわふわと宙をただよいながら辺りを見回す。目をこらし、神経を研《と》ぎ澄ませ、たった一人を捜す。

時間と空間がもといた世界と違う構造なら、きっと今、この瞬間にもいるはずだ。誰にも気づかれないように、誰よりも先に見つけなければならない。

そのとき、小さな足音が聞こえてきた。

パタパタと地面を蹴る音。

誰かが近づいてくる気配。

《こっちだ》

意識を向けると、色がごちゃ混ぜになった世界があっという間に真っ暗になった。闇の中になにかいる。人の形をした、闇よりもっと暗いもやだ。それが光に向かってがむしゃらに走っている。
《……なに、あれ》
女の子の声がした。異形の者たちに気がついたみたいだ。少し戸惑うように足が止まった。でも、まるでなにかに惹《ひ》かれるように、再び足を踏み出した。
《だめだよ》
優流は少女の手を――手である場所を、そっとつかんだ。
その瞬間、優流は自分の行動が〝正しかった〟ことを確信した。
この子だ。間違いない。
弟に出会うために生まれてきた子。
《そっちに行っちゃだめだよ、南ちゃん》
優流が助けるべくして出会った子。
驚くように身じろぐもやに、優流は微笑みかけていた。
《お兄ちゃん、だあれ？》
あどけない声で訊いてから、びくりと体を強《こわ》ばらせた。この子に優流は〝まともに〟見えてはいないのだろう。逃げ出そうとする姿に、優流はそう納得する。

だから、優流は少女をつかむ手に力を込めた。

あちらに行ったら、もうこの子は戻ってくることができなくなる。

この子は〝死者〟だ。あちら側に渡るべき子だ。

だけど、行かせるわけにはいかなかった。

《ぼくのすべてを、あげるから》

少女から強い恐怖が伝わってくる。その恐怖心も、きっと未来に繋がる架《か》け橋《はし》だ。彼女に欠けてしまった部分を補うために、すべてを手放そうと思った。

怖かった。でも、我慢できた。

きっと未来に、また二人に会える。そう信じているからかもしれない。

《——間に合ってよかった》

ただただ純粋に、そう思えた。

5

目を開けた。

ゆるく波打つ視界に驚いて目元に触れ、南はようやく自分が泣いていることに気がついた。体を起こし、ゴシゴシと両手で目をこする。だが、いっこうに涙が止まらない。

大切な弟を守ったという満足感と、未来を引き継げたという幸福感。そして、自分が自分でなくなるという恐怖、消滅という終幕に対する絶望――すべての感情が入り乱れて押し寄せ、整理できない。

これは、南の感情ではない。

五十嵐優流――五十嵐の、兄の感情だ。

堰《せき》を切ったようにあふれる想いに南は大きくあえぐ。何度も何度も深呼吸を繰り返し、こぼれる涙を止めようと必死になる。

――南は子どもの頃に死にかけた。

否。南はあのとき確かに〝死んでいた〟のだ。

三途《さんず》の川を渡るように異界へ足を踏み入れかけ、そして、少年に手首をつかまれた。

ずっと夢だと思っていた。

「夢じゃなかったんだ」

右手をつかまれた感触と、残された痣《あざ》。

時間の概念さえないあの場所は、今もきっと南のごく近くに存在し、ふいに重なり合うのだろう。

あのとき南を助けたのが、五十嵐優流だった。

痣の消えた手首をぐっと押さえた南は、はたとわれに返った。優流は崩れかけた南の魂《たましい》を守るために、南の中に溶け込んでいるはずだ。

だから今、南は彼の感情に翻弄《ほんろう》されている。

「じゃあ五十嵐さんに憑いてるのは……!?」

五十嵐優流ではないのか。

崖で亡くなった彼が、崖に近づいてきた弟に憑いた。目を開けたとき漠然とそう思ったのに、彼が南に溶け込んでいるならその憶測が誤りだということになる。

慌てて床に倒れたままの五十嵐を見ると、子どもの形をした黒いもやはすっかり形を崩し、五十嵐の頭部を包み込んでいた。

「だ、だめだめだめだめだめ!!」

捕食という言葉が脳裏をよぎる。悲鳴をあげた南がタオルを振り回すと、ぶつかった場所がちりぢりに広がり、広がった先から元通りになった。しかも、一度散るとさらに形を崩し、五十嵐の顔にべったりとへばりつくのだ。

「優流さん！　なんとかしてください――!!」

無駄とわかっていても叫んでしまう。

そうこうしているうちに、五十嵐の鼻がもやにおおわれた。次に口が。

住人が五十嵐を食っているのか、あるいは五十嵐が住人を食うことになるのか——どちらにせよ、混じり合えば五十嵐を危険にさらすことになる。あるいはこのまま息が吸えず、窒息《ちっそく》する可能性だってあるのだ。

「いやあぁぁぁ!!」

南は絶叫して手を伸ばした。住人に触れたらまた昏倒《こんとう》してしまうかもしれない、なんてことは意識から吹き飛んで、もやを鷲《わし》づかみにしていた。

刹那、もやは大きく広がって一瞬で南の視界を奪った。

「あ」

投網《とあみ》みたいだ。呑気なことにそう思った。黒いもやが南を包み込んできゅっとすぼまると、ぐらりとめまいがした。

《南ちゃん!》

膝を折った南の耳元で声がした。懐かしい声に顔を上げると、もやがざわざわと音をたててひいていき人の形になった。

「優流さん……?」

呼びかけた瞬間、もやの中から整った顔立ちの少年が現れた。異界に渡った南が見たそのままの姿でニコニコと笑っている。あの時見えなかった彼の素顔が、今、南にさらされているのだ。

「本物!?」

自分の中に五十嵐優流がいるのなら、崖にいるのは当然別人だと思っていた。だが、今目の前にいるのは確かに夢で見た少年そのもの——。

「なんで大事な弟を襲ってたんですか!?」

《襲った?》

「崖に引き込もうとしたじゃないですか!」

《そうだっけ?　助けようとしただけなんだけど》

「顔をおおって窒息させようとしたし!」

《ぶつけたら大変だから守ろうと思ったんだ》

——認識が完全にずれている。南は唖然《あぜん》とした。これこそ住人と人との違いなのだと言わんばかりだ。

「ほ、本当に、優流さんなんですか?　でも、それじゃ、子どもの頃に死にかけた私を助けてくれたのは」

《ぼくだよ》

あっさりとそう返ってきた。

《欠けた君を直すためにぼくを全部あげたつもりだったんだけど、ちょっと残っちゃったみたいで》

「の、残っちゃったって」

さすが筋金入りのブラコンである。その〝残っちゃった〟魂の一部が崖にとどまり住人としての形を保ってしまっていたとは。しかもこの状態ならまだカテゴリーⅠだ。完璧な状態でこちらに来て綴化《てっか》していたら、間違いなく大災害級のカテゴリーⅢになっていただろう。

彼が落命したあの瞬間に、あるいは起こっていただろう悲劇。

その運命が回避されたのだ。

どこまでも、どうなっても、誰より弟を愛する優秀で完璧で無敵の兄は、おのれの危うさすら気づかずに笑っている。

「もう！　紛らわしいですよ、優流さんはっ」

南はあえて指摘せず、文句を言う。

《ごめんごめん。ぼくもずっと意識がなくて。——楽人が幸せそうで、よかった》

「し、幸せそう、ですか」

《うん。ぼくの選択は間違ってなかった》

胸を張って断言する。この愛を、この危うさを、今、南が引き継いでいる。

南はぐっと拳《こぶし》を握った。

「五十嵐さんのことは、私に任せてください」

力強く宣言する。

《――楽人のことが好きなの？》

ド直球に訊かれ、ぶわっと顔が熱くなった。

「今はそういう話をしてませんっ」

《楽人をよろしくね》

「そ、そういう意味で任せてって言ったわけじゃありませんっ」

全力で否定はしたものの、顔は赤いし目は潤むし、声まで震えて全然説得力がなかった。

自分でもバレバレだと思う。だから五十嵐の先輩である横嶺にまで気づかれてしまったのかと狼狽えていると、ふふふっと、軽やかに笑う声が耳朶《じだ》を打った。

《ありがとう、南ちゃん》

南を抱きしめ、優流はふわりと消えていった。

あたたかいものが胸に満ちてくる感覚に、南はそっと目を伏せる。

五十嵐優流はあちらに還《かえ》ったわけではない。最後に残っていた彼の欠片《かけら》は、南の中に消えたのだ。

「……私こそ、ありがとうございます」

南はそっと目を開けた。自分の中でなにか大きな変化があったという感じはしない。きっと、優流が可能な限り南に干渉しないように配慮してくれているのだろう。

「本当に、こういうときまで優秀なんだから」

ちょっと苦笑し、五十嵐に近づく。穏やかな寝顔にほっと息をつき、くしゃくしゃの髪に手を伸ばす。指先が髪に触れた瞬間、五十嵐が小さくうめき声をあげた。

びっくりして手を引っ込めると五十嵐が目を開けた。

「お、おはようございますっ。気分はいかがですか!?」

あまりにも唐突に目を覚ましたから、心の準備ができず大きな声になってしまった。急に南が叫んだから驚いたのか、五十嵐が目を瞬きそっと身じろいで離れていった。

「す……すみません」

しゅんと肩を落とすと、五十嵐はきょろきょろと辺りを見回した。

「ここは?」

「ルートからちょっと外れたところにある避難小屋です。五十嵐さんが気を失って、雨が降ってきたので避難しました」

「ご、ご迷惑をおかけしま……」

頭を下げた五十嵐は、そこで自分の服装が朝と違っていることに気づいたらしい。

「雨に濡れてたので！　それで着替えを！　やましい気持ちなんてありません！　人命救助最優先で、最善の措置を……!!」

脱がせてしまった。裸を見てしまった。そのうえ着替えまで――なんて考えて、一瞬でパニックになった。

「勝手なことをしてすみません」

過剰な南の反応に五十嵐も動転したらしく、しどろもどろながらも「いえ」と首を横にふった。

「頼りなくてごめん」

五十嵐に謝罪され、南は返答に窮した。五十嵐優流の死の経緯を考えれば、五十嵐の意識障害に彼の兄がかかわっていたとは言いづらく、床に散らばった荷物に気づいた彼がごそごそと動き出すのを目で追うことしかできなかった。

自分のザックを引き寄せた南は、ようやく雷雨がやんでいることに気づく。荷物を詰め終わったら下山したほうがいいだろう。

ふうっと息をつくと、カチャカチャと金属音が聞こえてきた。

「なにをしてるんですか？」

携帯コンロをセットする五十嵐に南が首をかしげる。その上に四角いフライパンを置いて、白いプラケースを引き寄せている。

「食事を、作ろうかと思って」

言われた瞬間、くうっとお腹が鳴った。

「さ、催促してるわけじゃありませんから！」

スマホを見たら、お昼をとっくに過ぎていた。本当ならお昼前に頂上に着き、景色を楽しみながらゆっくり昼食をとり、みんなで下山するはずだった。

「あ、私もおにぎりを多めに持ってくるように鳳さんに言われてて」

前日にコンビニで買ってあったおにぎりを出す。

「俺は二人分のおかずを持ってくるように鳳さんに言われてた」

「……二人分」

「二人分」

予想通り、五十嵐のぶんと南のぶんだ。策士だ。こうなってもならなくても、山子は南たち二人で食事をとらせる気だったのだろう。

「……っ……!!」

「早乙女《さおとめ》さん？」

「なんでもありません……!!」

真っ赤になった頬を見られないように、南は慌てて顔をそむけた。

だめだ。自覚したらもう、いろいろだめだと思った。さくさくとスープの準備をはじめる五十嵐を、南は改めてまっすぐ見つめた。

「こ、今度ご家族に会わせてください！」

「え？　は？　どうして？」

五十嵐の動きがぴたりと止まる。

「お兄さんのお墓参りがしたいんです――!!」

「なんで!?」

前触れのないお願いに、五十嵐が仰天してカップを落としかける。

「だめですか」

「……だめでは、ないけど」

無事にカップをキャッチし、身構えながらもそう答える。南はほっと胸を撫で下ろし、笑顔で続けた。

「その時、五十嵐さんのご両親にもお会いしたいです」

「なんで⁉」

「だめですか⁉」

勢い込んで尋ねると、五十嵐の頬がちょっと赤くなった。

「だ、だ、だめでは、ない、です。けど。……なんで」

「お会いしたいからですっ！」

前のめりで頼む南に、五十嵐は動揺する。小さく「考えておく」と返ってきて、南は目を輝かせた。まんざらでもないようなその反応に手応《てごた》えを感じた。

「料理、お手伝いします」

するすると寄っていっても逃げる様子はない。おかず用の食材と取っ手が折りたためる小さな丸いフライパンを用意する五十嵐をそっと盗み見た。

不安がないわけではない。

けれど、不思議と前向きになった。

「――私、小さい頃、とても体が弱くて」

彼の兄の話をするわけにはいかない。だから南は自分の過去を言葉にする。彼の兄が繋いでくれた命の話を。

いつか彼に、彼の兄の思いを伝えられることを願いながら。

終章　二人の距離

ハイキングに行って、二人の様子が以前とはちょっと変わった気がした。

なにが変わったのか断言できないが、なにかが違うのだ。

「オトナの階段上っちゃった系ですかね」

ふうむと山子《やまね》は首をひねる。

山登りは体力測定である。もともと一人で行っていたが、同僚の横嶺《よこみね》が行きたいと言い出してその恋人とくっついてきて、五十嵐《いがらし》が入社して四人で登山をするようになった。

もっとも、はじめの頃はめちゃくちゃ嫌がられた。全力で拒否された。

それを、力自慢の横嶺と山子の二人がかりで拉致《らち》するように連行し、無理やり登らせたのだ。あとから知ったが、その山で五十嵐の兄が滑落《かつらく》して亡くなっていた。当時はかなりニュースになったらしい。原因は不明だとされていたが、直後に小学生が三人ほど引っ越したことからさまざまな憶測が飛び交った。五十嵐の兄は神童と言われるほど優秀で有名だったから、五十嵐は周りからいろいろと言われたようだった。

完璧な兄と出来損ないの弟。

死んだのが逆だったらよかったのに。そんな心ない言葉の中で五十嵐は育ってきた。

『兄が、教えてくれたんです。卵は完全栄養食品だって』

あまりに卵にこだわる五十嵐を奇妙に思って尋ねたとき、彼は小さくそう言った。完璧だった兄が教えてくれた完璧な食べ物。その言葉に縛られるほど、五十嵐は今も兄の死を引きずっている。

よもやま小学校と聞くだけで緊張するほど、彼にとって過去のすべてはトラウマだったのである。

よくひねくれずに大人になったものだと、山子は感心していた。

——五十嵐の兄は、非常に危うい存在だった。

崖にとどまるカテゴリーⅠ《ワン》。ほんのささいな刺激で綴化《てっか》しそうな住人。だが、他の住人と違う気配もあった。

なにか変化があるのではないか。

南《みなみ》を登山に誘ったのは、あえて五十嵐とともにハイキングコースへ向かわせたのは、そんな期待からだった。

「それより、よく根室《ねむろ》くんと登山する気になったね」

部長が感心する。

「しごいてやろうと思いまして！」

「筋肉痛でくだ巻いてたけどね」

「軟弱」

素材がいいのにまったく使わないから宝の持ち腐れだ。鎖場《くさりば》ではへっぴり腰だし、岩登りは下手だし、あれは一から鍛える必要がある。

「あんまり無茶しちゃだめだよ」

部長に止められて、山子は肩をすぼめた。

今、五十嵐と南は外回りに行き、根室は相変わらずモニタールームに籠《こ》もっているので、部屋にいるのは山子と部長の二人きりだ。ついついプライベートな話が出てしまう。

「で、どう思います？　五十嵐くんと南ちゃんのこと」

「野暮《やぼ》だねえ」

「気になるじゃないですか！」

「下世話だねえ」

部長は引き出しを開け、秘蔵のどら焼きを取り出して頬張《ほおば》りはじめる。一個差し出されたので受け取って一口齧《かじ》った。バターをたっぷり使ったどら焼きは甘くてくどくておいしかった。

「でも、以前とは違うんです。なにが、とは言えないんですが」

「――あるべきところに還《かえ》った、そういうことだよ」

ペロリとどら焼きを完食し、二つ目を頬張りながら訳知り顔で部長がうなずいている。

「部長、なにか気づいたんですか!?」

「内緒だよ。社長が心労で倒れないといいけど」

どうやら詳細を語るつもりはないらしい。もともと部長は秘密主義だ。きっと、山子が知っている以上にいろいろなことが見えているのだろう。

「あーあ、早く南ちゃんたち帰ってこないかなあ」

山子が机に頬杖《ほおづえ》をついて溜息をつくと、部長は苦笑した。

「ほら、休憩時間終わり。仕事仕事」

うながされて山子はどら焼きを食べ終わるとお茶を飲み干した。湯飲みを片付け、キーボードを叩く。

それからしばらくして、五十嵐たちが帰ってきた。

「カテゴリーⅢ《スリー》、無事にあちらへお帰りいただきました」

南が報告し、五十嵐がうなずく。

「お疲れ様、南ちゃん、五十嵐くん」

要したのは三日。しかも通報はされず、住人の発見、捜索、関係者への接触、解決と、実にスムーズだった。

——なにかが変わった。

南の雰囲気も、五十嵐との関係も、明らかに以前とは違う。

「あ、私、ジムの年間契約をお願いしてきました。五十嵐さんは何曜日に通ってるんでしたっけ?」

机につくなりパソコンを開きつつ、南が五十嵐に話しかけた。南は積極的になった。そして五十嵐は、そんな南にタジタジになっている。

「いいわ、積極的な女子。果てしなく応援しちゃうっ」

山子はひっそりと盛り上がる。

「潜在的なカテゴリーⅢか。部下がなかなかの脅威《きょうい》に育って、僕としてはいささか頭が痛い話なんだけどねえ」

「え? 部長なんか言いましたか?」

「——部下が頼もしくなって、僕も嬉《うれ》しいな、と」

小首をかしげた山子に、ニコニコと部長が笑う。

「僕は基本的に平和主義なんだよねえ」

続けざま、笑顔を消し去りそううそぶく。

日々《にちにち》警備保障、遺失物係——正式名称を、異界遺失物係。

それは新たな変化の予兆であった。

参考文献

『田部井淳子のはじめる！　山ガール』田部井淳子・監修　ＮＨＫ出版・編（ＮＨＫ出版）
『経験ゼロからのステップアップ　女子の山登り入門』小林千穂・著（学研プラス）
『脱・初心者！　もっと楽しむ山登り　山ガール先輩のクール・メソッド62』小林千穂・著（講談社）
『ゆっくりたのしむ山歩き』古谷聡紀・著（永岡書店）
『楽しい！　日帰り山歩き入門』神崎忠男・監修（主婦と生活社）

集英社オレンジ文庫をお買い上げいただき、ありがとうございます。
ご意見・ご感想をお待ちしております。

● あて先
〒101-8050　東京都千代田区一ツ橋2-5-10
集英社オレンジ文庫編集部 気付
梨沙先生

異界遺失物係と奇奇怪怪なヒトビト 2

集英社
オレンジ文庫

2024年4月23日　第1刷発行

著　者　梨沙
発行者　今井孝昭
発行所　株式会社集英社
〒101-8050東京都千代田区一ツ橋2-5-10
電話【編集部】03-3230-6352
【読者係】03-3230-6080
【販売部】03-3230-6393（書店専用）
印刷所　TOPPAN株式会社

ISBN 978-4-08-680552-0 C0193